披沙·拾零

[鉴达斋意味故事]

黄 亨 著

上海三联书店

"一不小心"(代序)

沈善增

黄亨,"一不小心"开创了一种新文体。

这种新文体融合了微型小说、杂文、随笔、小品文(讽刺、幽默小品)等诸多元素,但又与微型小说等有明显的差别。但又不是"四不像",因为它有自己明显的个性。要说黄亨新文体说的那些事,换个文体还真没那个味。试看一则:

> 几乎每天傍晚我都能在小区门口会遇上一个健身跑的女孩。小区里跑步的人不少,但几年如一日坚持跑的除了她似乎找不到第二人了。
>
> 有一次还是在小区门口,女孩刚好跑完,汗流浃背地在我面前停下脚步。我忍不住对女孩说:"小姑娘,我看你坚持天天跑步,真不容易啊,是为了减肥?可你已经够苗条的了。""不是,是喜欢,"她有点自豪地说,"我的同学中也有不少为减肥而跑步的,但她们没有一个坚持下来的。"
>
> 是啊,喜欢了,还需要"坚持"吗?

这一则,如果作为文本细读,可以写出十倍于之的分析文字,很适合做语文高考试题。且不说"喜欢了,还需要'坚持'",可以引申出多少深奥的哲理;就从文体角度说,它是杂文吗?没有深刻的议论;它是随笔吗?没有曲径通幽的韵致;它是微型小说吗?没有情节细节;它是记事报道吗?没有新闻眼。但都没有,却似乎又都有,有时间(**有一天,傍晚,她跑完了**),有人物形象(**小姑娘,汗流浃背**),特别是,"她有点自豪地说,'我的同学中也有不少为减肥而跑步的,但她们没有一个坚持下来的。'"一个朝气蓬勃的女学生如闻其声,如在目前。由事见人,有人及理,不动声色,蓦然回首……哇,文章高手啊!

所以新文体的创造绝不是"一不小心"可得的。说"一不小心"是主观上没有预设,就是要表达自己想表达的。就像金宇澄,一开始在弄堂网上随写随贴,只是发泄一下憋了二十多年的创作能量,没想到拿了个海内外华文小说奖的大满贯。爆发——不管是不是暴发——是有道理的。而对作者来说,是他的文学梦实现了,身外之物其实无所谓。只有作品,才像爱侣,才像知音,才像孩子,可以伴我孤独,慰我寂寥。金宇澄是这样,黄亨也是这样。

黄亨先后编了三十五年与书有关的杂志(《书林》《中外书摘》),还曾是我的《善增读经系列》的责任编辑。他自言此生主要在读书,一读有字的书,一读无字的书(社会人生这本大书)。以博览群书(有字书)的觉悟去读无字大书,再写出有字之小书来,自然是不一样,也非新文体不能承载。

新文体叫什么?着实为难。想过许多,如参照"一茶一坐",来个"一事一品文";新潮些的,来个"萌文"或"新萌文"("萌"取新生,接地气之义);古典些的,来个"观止文"……总觉得不理想,还是让感兴趣的读者赐名吧,民间高手如云。

目 录

1 "顶真什么呀"
2 情况都在变化中
3 放松
4 善意的谎言
5 说亲近也不易
6 排队的焦虑
7 倾诉
8 信息过多的烦恼
9 选择和差别
10 喜欢上跑步
11 改稿
12 只多了一份坚持
13 装修与工期
14 谁真正代表民意
15 怎么还是他?
16 生存与求职
17 首先得好吃
18 "计划"中的电话

19 杀价
21 马大哈孩子的背后
22 挑瓜的道理
23 不能尽兴
24 财富排行榜
25 草间小路
26 水都能卖钱
27 打赤膊的"禁令"
28 单人石凳
29 "凯旋者"
30 逼夫投"海"
31 金钱买来痛苦
32 "创业角"里的馄饨摊
33 第十名左右的学生
34 错位的旅游
35 网评古镇
36 "老坦克"与出租车
37 赴宴的难题

38	危机之际	61	大都市的便利
39	公交车上的座位	62	老农发财
40	干与不干的	63	没有好差之别
41	主刀医生	64	排队
42	股市与球市	65	减税与退税
43	只因百叶窗没打开	66	了解确切病情
44	坏了的门铃	67	老H的头屑问题
45	对付无理哭闹	68	免费开放
46	禁而不止	69	猎石的启示
47	享受商场	70	富人不富
48	空调	71	电熨斗与电吹风
49	观者如堵	72	合作的生机
50	同质不同价的伎俩	73	失业的包袱
51	微信里的朋友	74	智商问题
52	骑车过旱桥	75	不亏待员工
53	恢复低产	76	不被常识蒙住眼睛
54	表演	77	"恶搞"见闻录
55	游上海	78	去证明你能干
56	年龄	79	改变自己
57	换一种活法	80	旅游归来
58	"多"的烦恼	81	不走水泥路之谜
59	天下第二泉	82	出门的行李
60	恐惧的产生	83	写成的成功

84	角色	107	做了好事还不记你好
85	辞藻华丽	108	不同人眼中的同一伟人
86	公鸡之死	109	钱的许诺
87	瓜子	110	古镇人家
88	肉丸子	111	择偶标准
89	带伞的与不带伞的	112	不做"严肃"作家
90	一念之差	113	"准"与"不准"
91	第二只碗的破碎	114	致命疮患者
92	学溜冰的孩子	115	脱发问题
93	拍摄大海	116	公司里的美女
94	另一种收获	117	遗忘的马桶
95	为虚荣心买单	118	"跳槽"的感觉
96	观众	119	玩腻了繁华的人们
97	列车上的座位	120	夺房战
98	买甲鱼	121	打坐
99	母亲织的毛衣	122	"别再换了"
100	"20％"的效应	123	灭鼠药
101	衣着互换	124	青春痘
102	堵在销赃处	125	橘子
103	工作休息两不误	126	篮坛黑马
104	箱子失窃	127	买回成就感
105	"猴子"变"人"	128	沉得下的东西
106	摘下墨镜试试看	129	大学里学到的

130	多少收入才满意	153	居委干部
131	谁睡不好觉	154	虚拟女友
132	心脏病没有再犯	155	没衣穿
133	机会不可复制	156	成功的研讨会
134	欲速则不达	157	习惯成自然
135	藏书包	158	穿着脏鞋回家
136	形同陌路	159	五百元奖金怎么花
137	凭什么考上一流大学	160	都是电影惹的祸
138	不吵的原因	161	写作动力
139	等着熄火	162	午睡
140	少了防范心	163	布告引出的热议
141	"台阶"的难处	164	不看报的日子
142	低价失去作用	165	抢座位的心理
143	失去"自由"后	166	女儿学游泳
144	购物券	167	工作还是享受
145	晚到的茶商	168	哪套衣服合算
146	自然产生的平衡	169	安全与不安全
147	新的视角	170	失落的幸福
148	果园记事	171	如何吃得尽兴
149	铁笼内外	172	"体育爱好者"
150	女演员的忠告	173	选择野草
151	"老实人"胜过"精明人"	174	对等的付出
152	窗帘后面是什么	175	另一种不幸

176	指出优点	201	赢在时机
177	选择的难题	203	非理性消费
178	巨片这样走红	204	戴首饰的变迁
179	瞎扑腾	205	选适合自己的
180	馅要配皮	206	说谎的男孩
181	花钱放权	207	婚纱摄影
182	还得操心	208	虽苦犹乐
183	有车的感觉	209	职工不是包袱
184	做人家不足的	210	两者是一回事
185	骑驴找马	211	退休计划
186	只"调查"不"研究"	212	数学奇才
187	"老总的方案"	213	高兴都来不及
189	择偶难	214	阅读的本来意义
190	专业的冷热	215	不做房奴
191	嘈杂中的修炼	216	购房
192	面试	217	医德为重
193	训练识伪	218	"考试冠军"
194	少才是多	219	想念,仅此而已
195	过年的感受	220	回绝对方
196	天天大笑	221	杂志的定价问题
197	留辫与剃发	222	投读者所好
198	丈夫都是人家的好	223	追求完美
199	外行看球	224	既没早到又没迟到

225　公司要减薪
226　"麻烦"人家也是一种交流
227　手机
228　别人的自尊和自己的声誉
229　差别在于填写与不填写
230　多也不好
231　新城区的红绿灯
232　婚姻硬是糊涂的产物
233　不会有失落感
234　头脑里只装别人的知识
235　减肥
236　谢顶
237　世事无常
238　找保姆
239　被平移的古民居
240　不合时宜的"畅销书"
241　地铁上的一个空位
242　为何闯红灯
243　有电话机的办公桌
244　风景不老
245　香粳米
246　"遥控器奴才"
247　地铁口的"收报人"

248　空姐的美
249　两个不一样的乞丐
250　旅游机会的丧失
251　专家门诊和普通门诊
252　一句鼓励的话
253　谈不上高尚
254　幸福指数不同
255　睡衣上街
256　从海量的"剪报"中解脱
257　外语难过关
258　偷拍
259　网恋
260　悠着点
261　无知者无畏
262　"自己拿"
263　三两拨千斤
264　印上比不印强
265　"热点"难得
266　新开张的鞋店
267　理想的身高
268　不怕得罪老板
269　小米的"胜利"
270　"低收入家庭"的人

271 高兴与不高兴
272 左右为难
273 陌生的朋友
274 散步
275 一角钱
276 博客的点击率
277 给更好的东西
278 独行客
279 小超市活下来的理由
280 "3小时烧饼店"
281 背运的原因
282 下雨还是不下雨
283 首要的是培养兴趣
284 从五分钟开始
285 远足的记忆
286 同学聚会
287 家有恶邻
288 有房女也难嫁

289 出国为什么
290 新落户的化工企业
291 兴趣改写成绩
292 赌气的代价
293 一考到底
294 有房阻碍致富
295 恼人的小飞虫
296 畅销书
297 老年刊物
298 一切都在变
300 记忆会欺骗自己
301 不愁无聊
302 收购价不变
303 寻找平衡点
304 游客的选择
305 品味公园
306 也是异化
307 被忽视了的环境和现状

"顶真什么呀"

公园的小河里,一个小女孩独自坐在小船上,笨拙而吃力地挥动着木桨,把小船折腾得像个跌跌撞撞的醉汉。

忽然河岸上传来一个老汉的吆喝声,声响很大,把周围游客的视线都吸引了过来。老汉大概是小女孩的爷爷,正脸红脖子粗地"指挥"着孙女儿该如何划船:"有你这样划船的吗?你看好,看着我的手——应该这样、这样、这样!……不行、不行!应该这样!……不对!应该这样!……"孙女儿没准是头一次划船,本来就有点手足无措,被老汉一阵吆喝变得一脸茫然。老汉继续恨铁不成钢似的吆喝,一脸严肃:"你怎么这样使桨!应该这样、这样、这样!……"

旁边有几个年轻人悠悠地说:"顶真什么呀,让她想怎么划就怎么划吧,不就是划船、玩儿吗?"老汉显然听到了,他愣了一下,终于紧绷的脸松弛下来,随后露出一丝自我解嘲的笑。

情况都在变化中

女儿搬进出租房的第三天就打来电话:"爸,我后悔了,我想搬家!"

他一听就不耐烦了:"租到这么好的地段的房容易吗?你说说,哪些让你不满意了?"

"二楼邻居家有条恶狗,见人就叫,我怕;底楼人家建了个违章建筑,安全没保证;四楼有个变态男,一清早就在吊嗓子,以后连睡懒觉也难……"

"忍一下,情况都在变化中。"

想不到以后的两星期,女儿没一点声息,这回轮到他忍不住打电话去问个究竟。

女儿:"爸,让你说对了,情况真的都在变化中!二楼的狗狗早不对我叫了,它只对陌生人叫,我现在可喜欢它了;四楼的小伙子考艺校结束,再也不用吊嗓子了;底楼的违章建筑被居委勒令限时拆除……不过也有新的麻烦——五楼就要装修,得承受两个月的噪音;想不到昨天接到公司通知,这两个月我被安排去外地实习……"

放松

现在"放松"是个很时髦的词:放松心情、放松心态……但我做不到,尤其是任务来时,心态和心情最需要放松的时候恰恰也是我最没法放松的时候。这时我就给自己许诺:忙过这阵子我就可以放松了,或者说,忙过这阵子我就一定给自己放松。但在记忆中,我从来就没有过能给自己放松的机会。

后来我学着在工作的任何时间都让自己放松,感觉超好;而且终于明白:找时机放松你永远找不到机会,随时放松你永远有机会。

善意的谎言

某居委会干部向居民发放《市民生活指南》的小册子,每送一家都不忘留下一句话:"本书数量有限,不能满足每户一本,希望看过后及时归还。"

不久就陆续有居民前来还书,他们除表示感谢外,往往还会对该书赞美几句,甚或畅谈读后感。这时这位干部就会说,既然你喜欢就留着吧。受书者受宠若惊,连声道谢。

旁人不解,对干部说:"你何必摆噱头让那么多人白跑一趟。"干部说:"不这样他们会认真看吗?会知道书里有那么多有用的信息吗?——反正是送的,往边上一扔,然后推说忙,没时间看,直到把它们送进废品站。"

说亲近也不易

白领老 X 在水泥森林里待久了，生出对大城市无穷的厌倦和愤慨。他发誓这个黄金周要到人迹罕至、远离喧嚣、没有汽车尾气的乡村度假。朋友的私家车把他带到了一户深山里的农家后离去。老 X 在下车的一刻被周围的一切所陶醉：空气、阳光、森林、溪流……他给远方的女友发去短信："我在亲近大自然，将在这里至少待上一周！"

太阳西沉，初到异地的新鲜感很快过去。农家的主人唤其吃饭，那玉米粒煮成的饭难以下咽，而蚊子已成团袭来。搁下筷子问主人哪里有洗澡的地方，被告知三里地外有一露天水潭，但须当心野兽。想想，免了。问有否电视看，被告知因信号不好当地人一般不看电视。早早钻进帐子，又因屋梁上的老鼠吵得无法成眠。睡不着，肚子就饿。一打听，这儿距离最近的麦当劳有一百二十里。

第二天一早，老 X 给开私家车的朋友发去短信："带我回去，马上！"

排队的焦虑

改革开放之前的很长时间里,我和全中国所有的人一样,经历过无数次排队的烦恼。

现在回想起来排队本身不见得有多可怕,正常排队无非是多花点时间,我可以用看书报、思考下午的发言打发时间。可怕的是你排在队伍里总有点心神不安,再看看排在队伍前后的人也都是心神不安。每个人都在伺机而动:警惕着别一不留神让一个坏小子插了队;担心着好不容易排到头了,冷不防新开出一个窗口,队伍立马混乱,原来排后面的抢先占了最前头,我倒成了老末;更糟糕的是忽然前面喊出:"后面的别排了,只够卖十个人的了!"而我偏偏排在第十一个。

当排队结果是个可怕的变数时排队者永远无法平静,排队永远是个可怕的噩梦。

倾　诉

　　她打电话来和我约定,周六要和我通话。我猜测又是两口子闹起了小矛盾。清官难断家务事,我口讷少言,又拙于"做思想工作",很怕缠上这"官司"。这已经是第三次了,前两次我都借口上班忙,予以推却;但休息天了你还能再说忙？我被"逮"个正着。

　　电话如期而至。果然是一些结婚久了每一对夫妻都躲避不了的小摩擦,但她不这么看,她显得很激动,把那些鸡毛蒜皮的事一股脑儿地向我倾倒。我尝试着做些劝导,但尖嘴利舌的她口若悬河,根本容不得我开口。半小时后语速渐缓,但仍泼不进水,我仍只有洗耳恭听的份。好在能感到她的情绪已阴转多云。我开始紧张地"构思"开导她的话语。

　　不知什么时候,她忽然讲起了她丈夫的好处。我仔细辨别,没错呀,是在讲她丈夫的好话呢！好话起了个头也刹不住车,我只能继续洗耳恭听。末了,她说:"好了,讲完了,心情舒畅了！谢谢你听我讲话,拜拜！"说完"叭"地把电话挂断。

　　我对自己一笑:早知道如此,紧张什么呀,听就是了！

信息过多的烦恼

朋友不久前也学会了上网。他在电话里兴奋地告诉我,在网上他可以看到新闻、看到小说、看到影视……！后来的电话里,我又知道他还能看到电子书刊。但不久,他的兴奋开始降温。再后来反而变成我要主动问起他在网上看了哪些影视,读了哪些书刊。

这时他竟显得特别的沮丧:"想想吧,影视网站有几百个,电子图书、报刊有几万种,你让我如何选择？我总是担心会不会遗漏了哪部影视,错过了哪篇有意思的文章！于是我在网上不停地寻找、选择,现在寻找和选择倒成了我上网的主要工作,哪有时间观赏、阅读？"

选择和差别

甲乙两人在同班同学的聚会上又见面了。

八年前他们刚毕业,都在学校所在的那个大城市里找工作,一样的居无定所,一样的生活拮据到常常连吃饭都成问题。有一次他们面临是否该用吃饭的钱买手机的选择。后来乙想的是手机和吃饭相比毕竟生存更重要,选择不买手机。甲想的是关键时期发展更重要,他选择买手机,当然同时也选择了挨饿与窘迫。两个人的选择都无可厚非,不同的是甲有了手机,增加了就业的信息通道,不久就被一家IT公司录用,留在了这个城市。乙没有了挨饿的风险,却经历了就业道路的弯弯曲曲,最后放弃大城市回老家发展。

今天,甲在一家五百强企业中占有百分之五的股份,称得上是个亿万富翁;乙早已娶妻生子生活得也不错,只是刚当上房奴不久,还要为银行打工二十年,要像甲刚才向老同学说的过两年考虑退休的事是绝对不敢想的。他们的差别只是当初的一念之间。

喜欢上跑步

几乎每天傍晚我都能在小区门口会遇上一个健身跑的女孩。小区里跑步的人不少,但几年如一日坚持跑的除了她似乎找不到第二人了。

有一次还是在小区门口,女孩刚好跑完,汗流浃背地在我面前停下脚步。我忍不住对女孩说:"小姑娘,我看你坚持天天跑步,真不容易啊,是为了减肥?可你已经够苗条的了。""不是,是喜欢,"她有点自豪地说,"我的同学中也有不少为减肥而跑步的,但她们没有一个坚持下来的。"

是啊,喜欢了,还需要"坚持"吗?

改　稿

白秘书正在惴惴不安地接电话,一个劲地点头称是,搁下电话时向我伸伸舌头:"是王总打来的,我起草的发言稿不行,得退改。"

"改动很多吗?"王总对报告的苛刻是出了名的,我为白秘书捏着一把汗。

"多得很呢,刚才一紧张全都忘了,只记住了要把字数压缩到五千字。"

第二天王总又打来电话,从白秘书接电话的神态就可以知道:稿子通过了。

"你怎么改的,这么容易就通过了?"

"没想到不记得具体要求反倒是好事!你想,王总那么忙,昨天他未必认真看过稿子,即使认真看了也未必认真考虑过,即使认真考虑过了也未必表达清楚了,即使表达清楚了我未必就领会到了,何况我根本就没记住那么多修改意见。怎么办?还是从源头上找问题——分析稿子的缺陷究竟在哪儿,然后大胆地改。"

高!我一下就对这位新上任的秘书肃然起敬。

只多了一份坚持

小镇上新开了一家燠灶面店,我曾是那里的常客,那鲜美异常的宽汤细面,加上松香的爆鱼,真正的价廉物美。想不到的是该店才开张半年就关门了,很是可惜!关门的原因据说是生意清淡,入不敷出。

当我再次坐进燠灶面店时店主易人,但店面、内部陈设以及经营业务全部原样保留。我问新老板:"你一点都不做改变,就不怕步你'前任'的后尘?"

"不怕,"新老板笑了,"你的意思是我总得搞点新创意,不然就不合情理,是吗?"

我不语。

"先生,不是什么时候都需要创意的,有时不创意就是最好的创意。我研究过我的前任,他没有任何错,只错在少了一份坚持下去的耐心。"

果然,新老板仅仅又坚持了四个月,那天我去这家面店时,正是中午时分,但见顾客盈门、座无虚席,生意之好今非昔比。

装修与工期

东家正在和装修公司商谈装修的事,东家问:"装修这套房要多少时间,两个月够吗?"这家夫妻老婆店式的装修公司听出了东家的意思,赶紧说:"两个月时间紧了点,但抓紧点还是能完成的。"——在东家正货比三家阶段,得尽量满足东家的愿望。东家也听出来了,两个月的时间确实紧了点。所以到正式签约时东家主动提出:"工期就定四个月吧,我不在乎延长那两个月,你们也就不必赶时间了,给我慢慢装修,慢工出细活,要紧的是保证质量!"

后来的情况估计你也猜到了:时间的宽裕并没有和装修公司的施工质量成正比,反倒是方便他们分身去揽更多的客户的活;客户一多,势必分心和分散精力,质量更没有保证;既然东家说过她不在乎时间,他们便理所当然地把工期由原定的四个月拖成半年。

谁真正代表民意

法院正在对一个刑事案开庭审判。法警报告说法院门口聚集了一批打着横幅标语,高喊口号的人,主张无罪释放被告。审判长问:一共多少人?法警说:不少,估计起码有三百人,也许是五百人甚至更多。审判长说:"不管是三百还是五百还是更多,都不说明什么,因为我没法确定在离法院不远处和更远处,是否还有十倍、百倍、千倍的人在支持这场审判,仅仅因为这些沉默的大多数没想过、或者不屑于用这种激烈的手段表达他们的诉求而已。——审判开始吧!"

怎么还是他？

老S在老板手下干了十年。这行当并不见得有多难,但要干得好还真不那么容易。没看到吗?那些应聘来的员工往往半年不到都先后走人。不是他们被老板炒了便是老板被他们炒了。只有老S从来没有想挪个位置的意思。这也是问题呀,老板想到这点就郁闷:我给他这点工资就让他这么心满意足,是否表明同样的工资我可以找到一个优秀的人才替而代之?

老板开始不动声色地亲自在网上物色人才。老S也不是傻瓜,他感觉到了一种危机感,也开始了网上应聘。有一天,老板喜滋滋地对秘书小姐说:"成了,我找到了一个顶级人才!"正式见面被刻意安排在一家咖啡馆。见面的一刹那两人都像在做梦——聪明的读者一定猜到了:站在老板面前的还是老S。

生存与求职

某高校别出心裁地组织一批学生参加"生存与求职"的社会活动。参加者在事先不知情的情况下,被校车送到一个陌生城市的边缘。按事先规定,他们除身份证、手机和五元钱之外不带任何有价财物;两天内在这城市里生存下来并找到工作的就是优胜者。

多数同学把五元钱都花在了吃饭与乘车上。他们在如何经济地使用这五元钱上动足了脑筋,但耽搁了时间,也于事无补。首先,跑了许多家饮食店,最便宜、最耐饥的馒头也得一元钱一个;两天六顿饭,少说也得八个馒头。然后,要节省就得少消耗、少走路,花钱乘车于情于理都是不可避免的。为了增加车票的"性价比",他们选择最便宜跑得最远的公交车。由于不认路,许多同学是误乘了郊区线,结果连市区都到不了,别说求职了。第二天晚上,老师驱车把这批又饿又累、灰头土脸的学生从城市的各个角落里找回。最后一点数,还是少了一个。发去短信后被告知,这位同学用二元钱上网了解求职信息,花三元钱买了张该市地图。因为方向明确,虽然步行前往,还是顺利地在一家麦当劳找到了包吃包住的工作,"活"得有滋有味。他趁机向老师请假,想打满一星期的工后再回校。

无疑这位同学是这次活动唯一的优胜者。

首先得好吃

他的微信"朋友圈"里转发得最多的文章除了情感、励志,就属养生了。

养生类文章看多了,他对诸如高血压能吃什么,高血脂不能吃什么;糖尿病应该多吃什么、少吃什么;哪些食物补钙,哪些蔬菜富含维生素等都能如数家珍。与此同时,无论是吃饭还是烧饭,他满脑子都是"能"和"不能"、"应该"和"不应该"。这类考量多了,心情就变得沉重和焦虑,买菜时左思右想,烧饭时犹犹豫豫,吃饭时战战兢兢;饭菜不再可口了,吃饭不再是享受,更像是工作,一称体重:又瘦了!

有一次他在餐桌上喟然长叹:"唉,我都不知道该怎样吃饭了?"老婆一句话让他醍醐灌顶:"吃饭首先得吃起来好吃,不好吃,倒胃口,哪来的营养?"

"计划"中的电话

我打电话给一位朋友,接电话的是她的丈夫。我被告知朋友外出,要很晚才能回家。他问我一般情况下晚上几点睡,我说十一点之前不会睡。他说,那就让她在十一点之前给你回电;超过十一点,她会在明天一早打电话给你。

本来不很重要的电话,一进入"计划"就成了大事。

当晚我正好没事,本来可以早点睡的,但为了等电话,一直等到了十一点——当然没等到;为"保险"起见,又多等了半小时才敢入睡。第二天逼着自己早早醒来守着电话机,唯恐误了接电话。但朋友的电话却直到上午九点才姗姗来迟,因此耽误了我买菜与取牛奶。

朋友那边据说是这样的:她于当晚十一点一刻回的家,怕我已睡下不敢回电。因为想着回电的事,第二天一早就醒来。又想到我难得一个休息天的早晨,需要睡懒觉,所以迟至九点方敢打电话来。

杀　价

　　他来到浙赣皖交界处淘宝。这里存留有明、清时期的古民居,这些被称之为中国建筑史上的瑰宝之一的徽派建筑高低错落,粉墙、黛瓦以及马头墙,在青山绿水的掩映下秀美、宁静。他来到一个正在拆老屋的农户家。看着横七竖八地躺在地上雕刻精良的古旧的木窗,激动得两眼放光。

　　"这些木窗怎么卖?"他问这家主人。

　　"你开个价吧。"主人是个老实巴交的农民。

　　"一千元,我全拿去,怎么样?"

　　"行,没问题!"

　　刚才还怕开价低了,现在他开始后悔价开高了:这么爽快就答应了,这农民显然完全不领行情。他围着木窗转了几圈,挑出窗上的几处蛀眼,大声叫起来:"啊呀呀!这样一些烂木板我拿回去能派什么用场?"

　　"我们山里人不会还价,这样吧——五百元。"

　　他窃喜:我还没讨价他就自动打了对折,看来还有戏!

他继续嚷道:"三百元,最多三百元,这些烂木头我拿回去只能当柴火烧!花了钱不说,还得花力气搬下山,还得劈碎,你说冤不冤?所以你还得负责把这些窗抬下山!"

第二天,按约定他开车来到山脚下的公路口,老远就望到早早等候在那里的农民。旁边是一辆装着满满一毛驴车的柴火。见到他,农民解释道:"让您花钱买下这堆柴火回家还得劈柴,很不好意思,所以一清早,我帮你把这些旧窗全劈好了。"

马大哈孩子的背后

老 Y 发现儿子实足是个"马大哈",什么事都是丢三落四的。为此,儿子每天出门上学前老 Y 总要对其一番叮嘱:"钥匙别忘了放在包里!""课本带齐了没有?""别忘了带饭菜票!"这与其说是儿子的必修课,不如说已成了老 Y 的必修课。

终于有一天,老 Y 一直担心的事还是发生了:孩子因为忘了带钥匙被关在了门外。这天孩子他妈出差在外,老 Y 正好单位有急事,回来得晚。孩子在门口守了五小时的铁将军,见到老 Y 时一肚子气直朝老 Y 发来:"都是你!天天叮嘱我的,今天早晨怎么就忘了提醒我带钥匙?"

老 Y 突然领悟到:在"马大哈"孩子的背后,必然是个有责任心的、过分细心的家长。

挑瓜的道理

西瓜上市的季节,我们常常会拉着邻居老张去挑瓜,老张也乐得在我们面前露一手——他是公认的挑瓜能手。即使一批很差劲的西瓜,他也能从中挑出好瓜来,从没有失手过。

有一次我问老张,什么时候学来的这种绝技?老张好像早就等着我提问了,便把一肚子的话全倒了出来:

"小时候我也从大人嘴里学了挑西瓜的'窍门',从看皮色、听声音到掂分量,各方面的要点都记住了,自以为懂了,但没用,常常会把不熟的西瓜挑回来。那些要点对吗?都对,但在你没有把它们融会贯通之前,那都是孤立的死知识,不见得完全管用。后来有了点年岁,发现所谓好瓜就是熟透的瓜,怎样的瓜是熟透的呢?这和所有成熟的果子一样,必然是长得饱满的,什么是饱满?你我都懂的。再把那些要点联系起来,就发现这些要点都和'饱满'相关,一下就开窍了。我现在凭经验只要一瞄就能挑个准,至于那些孤立的要点早已变得可有可无了。掌握这个原理,你其实还能挑选好所有不同品种的瓜果。"

不能尽兴

小时候爱吃蛋,但不能尽兴。听妈妈说,她小时候吃咸蛋只能每次吃上四分之一个,她家还算是大户人家呢。我小时虽能一次吃上一个咸蛋,但也只能偶尔为之。

现在蛋可以敞开吃了,多且便宜,但我不能多吃。我怕胆固醇,怕胆固醇多引起的高血脂、冠心病、糖尿病……真奇怪,兜了个圈子,到头来吃蛋仍不能尽兴。

财富排行榜

如今时兴搞排行榜。可不？咱县去年就搞起了财富排行榜。县报在推出排行榜时征求前十位富豪的意见，竟遭到他们一致的反对。除了怕露富心理作祟外，他们实在太忙，没有心思和精力为这类事分心；认为与其搞那无聊的事，还不如腾出精力多挣些钱。

但是，排行榜还是登出来了。尽管组织者有意淡化了十位富豪的名次，但既是排行榜总得有个先后顺序。排第一的固无异议，其他九位却忿然不平，不是说统计有误就是说第一名走了门路。

于是今年排行榜评选时工作出奇地顺利。不仅如此，那十位富豪未雨绸缪，或虚报数据，或请客吃饭，甚至因争吵发生斗殴而对簿公堂。审判席上的听众惊呼："让一群绝顶的聪明人变傻竟如此容易！"

草 间 小 路

在十字路口的东北角，不久前新建了一大块绿地。行人们很快就发现，如果从绿地斜穿过去要比走正道便捷得多。总之，不论是主动的和被怂恿、引诱的都不约而同地走着这条捷径。开始，战战兢兢、偷偷摸摸地走，后来则无所顾忌、堂而皇之地走。绿茵茵的草地很快现出一条履痕，继而又被踩成光溜溜的草间小路。

绿地的管理者在口头警告、张贴告示均无效的情况下，在"小路"的两头建起了护栏。开始几天还能阻拦逾越者，不久已经尝到过甜头的行人无法忍受不走捷径的不便，他们拆除护栏，仍坚持走草间小路。

接下来便是一场旷日持久的建护栏与拆护栏的拉锯战。

如此下去总不是个办法，与其"堵"，不如"疏"。终于有一天，绿地管理者主动拆除护栏，同时在小路的基础上铺设了水泥板，在无形中确认了这条非法小路的合法化。

现在我们看到的是一条蜿蜒在绿荫丛中的水泥板路，它给行人带来行走方便的同时，也给人零距离亲近草木的愉悦。而且人们发现这条路就像原本设计的那样，早已自然、和谐地与周围环境融为一体了。

水都能卖钱

农村青年小程刚出火车站就巧遇同村的青年小余。

小余来这个大城市打工已有三个月,如今求职无望,落得个连吃饭都困难的结局,这回正满脸沮丧地准备上火车打道回府。

"怎么,小余,我刚来你却要回去?"

"你来了,看看就知道了!没看到车上装的一桶桶纯水吗?这鬼地方连水都要花钱买,能留得下咱们这些穷地方来的人?"

"水都能卖钱?"小程一阵惊喜,"这里肯定是个赚钱的好地方,我这就留下不走了!"

果然不出两年,小程在这个城市里非但站稳了脚跟,还做起了一家服务公司的小老板,赚起了大钱。而他进城后打的第一份工恰恰就是送纯水。

打赤膊的"禁令"

某重点大学寝室。新生进校第一天。酷暑。

从小有打赤膊习惯的新生甲看到同为新生的乙、丙正襟危坐地读书,便打消了赤膊的念头,还由衷地感叹:"到底是重点大学的学生,素质就是和普通大学不同!"丙这时两眼虽停留在书本上,可热汗涔涔,什么也看不进。很想脱下身上的长袖衬衫,又怕甲、乙看着笑话:赤膊?在家可以,可这里是全国有名的大学啊!这时,可怜的乙也在承受着暑热的煎熬,他后悔今天怎么穿了件透气性能极差的衬衫。可瞥见甲、丙正襟危坐的样子时也只好打消了脱衣的主意。

这种强充"君子"的生活过去了一周。一天,甲独自在寝室脱下衬衫缝扣子。这时乙闯入,见甲正无所顾忌地打着赤膊,不禁怦然心动,赶紧将衬衫脱去,顿觉周身凉爽。丙接踵而至,见甲、乙都不穿上衣,也就放心地打起了赤膊。甲缝好扣子,见乙、丙都没穿衣服,也就没打算再将衬衫穿上身。

——重点大学寝室里不打"赤膊"的"禁令"就是这样自生自灭的。

单人石凳

某旅游景点经改建后重新开放。情侣们发现先前常坐的那种有靠背的双人椅,已被统统改成圆柱体的单人石凳。据管理人员说,为的是避免成双结对的情侣们坐在那儿,做出过分亲热的举动而有碍观瞻。

但这似乎给情侣们带来的是更大的方便。他们一对对相拥而坐在石凳上,有人还在石板地上用粉笔即兴留言:"好极了,这样可使我们挨得更近些,谢谢!"

"凯旋者"

热恋中的他与她每个周末都会相约在一个车牌下,风雨无阻。后来有个周末他没有来,她在寒风中等了三个小时后失望而归。

三年后,他突然出现在她的面前。他告诉她,三年前的不辞而别和今天的不邀自到,为的是给她一个惊喜。三年前他总是摆脱不了面对她这位名门闺秀时的自卑;谢天谢地,他凯旋了,他终于可以以一个外资企业业务主管的身份,用自信而坦然的目光直视她那双高贵而迷人的眼睛。

她甩掉被握得生痛的手,脸上因激动而泛起的红晕渐渐褪去。她强制自己以平静的语调说:"你错了,我爱的是三年前那个敢于在车牌下等我的穷小子,而不是因怯懦而不告而辞的你,更不是今天所谓的凯旋者。"

逼夫投『海』

"下海"潮起,某女小姐妹的丈夫中有离职经商者,多获成功。别墅、轿车,好不风光。某女羡甚,逼其在机关任小公务员之丈夫弃职投"海",临别赠言:不赚大钱毋归!

夫惴惴然、凄凄然,出门一步三回首,宛若生离死别。

越明年,杳无音信,遍寻不得,始疑。央密友暗察,方知丈夫赴南方"下海"后即暴发,如今早已金屋藏娇、乐不思蜀也!

金钱买来痛苦

梅姐从泰国旅游归来,带回了一大袋当地的特产榴莲。当时刚改革开放,我们谁都没吃过榴莲。听梅姐介绍,这种黏性多汁、酥软味甜、吃起来有雪糕口感的榴莲被产地人视为珍宝。有些高级官员出国访问都要带榴莲作为高档的礼品。叔叔问:"你吃过吗?"梅姐回答:"还没呢。"说这话时,动手最早的小外孙一下扔了手里的榴莲,大叫着掩鼻而逃:"臭,臭,臭死了!这是什么水果呀,难吃死了!"

接着大人们都尝了尝榴莲,当然他们不会像五岁的小外孙那样童言无忌不给梅姐面子,但也没人说有什么好吃。接下来的问题是怎么处置这么多难吃的榴莲。

扔掉?那可是花了不少外汇买来的,万万不能。全家人只好硬着头皮、屏住气,每人每次食用一点,积少成多。经一个多月的努力,终于将那一大包榴莲一个不剩地吃光。

谈起这段痛苦的经历,全家人至今刻骨铭心。金钱本来是应该买来幸福的,这回梅姐没有买来幸福已是很大的痛苦,然后全家人为了不辜负这笔金钱主动去承受痛苦,带来的是更大的痛苦。

"创业角"里的馄饨摊

在这个新兴的城市里,有一批来自各处的"创业者",他们聚在一起,谈理想、谈创意、谈规划。他们要谈的话实在太多,以至于在这建设中的广场的一隅自然形成了一个"创业角"。

"创业角"的主人们在这儿海阔天空地发表高见,可以连续几天为一个创业问题争论不休。要谈论的话题是那样多,他们甚至已经在讨论创业后赚的钱多了该怎么花的问题。这时人们发现不知什么时候这儿出现了一个馄饨摊,这样"创业者"们有了一个可以充饥、可以"坐"而论道的场所。馄饨摊的生意出奇的好。

据说后来的情况是这样的:凡是在"创业角"活跃过一阵子的人没几个是真正创业的;创业的人中真正成功的更是寥寥无几。倒是那个馄饨摊主靠"创业者"们发了财,不远处那个大酒家就是他在馄饨摊的基础上发展起来的。

第十名左右的学生

春节向我中学时的班主任老师陶老师拜年,和前几次拜年一样,我的到来总让她很高兴,因而话也多了不少。这次不知怎的,她和我回忆起了我们那个初三平行班六个班级、三百多个同学。陶老师竟对我们中的大多数在读书时的表现以及工作后的情况了如指掌,谈起我们如数家珍。

接着她话锋一转来了个总结,她说:"我发现那时班上学习成绩前三名的踏上工作岗位后往往工作稳定也小有成果,但出大成果的往往不是这些同学,倒是第十名左右的同学,他们中很多后来获得了令人意想不到的成功。为什么?因为他们不需要争夺前三名,或者说他们没有了争前三名的希望,所以会有更多的时间和精力全面地发展自己;也使他们不会过分地把注意力集中在分数上而忽略了对自己的长处的发扬和优秀品质的培养。这种读书时的弱势反而成了他们日后成长的资本。"

错位的旅游

　　这里是一个著名的风景游览区,每逢节假日,在通往游览区的山区公路上奔驰着来去匆匆的旅游车。按理说,来这里旅游的人都是为了躲避大都市的喧嚣,寻求与大自然亲近而带来的安宁和温馨。

　　但我们看到一些从千里以外驱车而来的款爷们似乎不这么认为,他们一路谈笑,顾不得欣赏车窗外的美景,便一头栽进当地的高档宾馆,然后躲在里面没日没夜地打保龄球、打牌、打麻将……娱乐消磨时间。他们不在乎这里的自然风光与名胜古迹如何,只在乎这里的风景著名。既然这里是出了名的地方,是有身份的人都应该去的地方,他就得去;然后回去后逢人便说,那地方他去过了。去过了就是目的。

网评古镇

一早心血来潮想去 N 镇作一次短途旅游。出门前匆匆上网浏览大众点评网,看看去过 N 镇的网友们对此行作何评论——

"古镇是传统的古街模式,偶尔逛逛还是挺好的。""古镇还真称不上,比起其他一些古镇欠缺一点特色,没什么可逛的。""这里的小笼味道鲜美,肉也够多,价格还便宜。""冲着小笼而去,但是味道真的不敢恭维。自己有车去随便看看还行,但不推荐特地过去。""古镇就是古镇啊,到处都弥漫着中国古代的艺术气息,身临其境真的太享受了!""怎么现在哪里都有古镇?不就是弄点仿古的建筑?而且又仿得不好,不喜欢这种假的感觉。"……

网评铺天盖地,但对同一个话题的观感会如此相异乃至对立着实令人吃惊。再想想也不奇怪:不同的个性、生活经历、文化背景、知识积淀都会左右一个人对客观事物的认识,甚至在视角不同、期待值不同、心境不同的情况下看待同一事物的结果也会大相径庭。对一个相对"静止"的小事物的看法尚且有如此大的偏差,对一个动态的大事物的看法就更难保证一致了。

言归正传:所以,旅游还得靠自己体验最靠谱。

"老坦克"与出租车

每逢她中班下班,丈夫不论多忙,总要骑车到汽车站接她回家。按他的说法,一是怕她走累了身子,二是为她的安全着想。

后来她发现,每当丈夫用他那辆使用了十几年的"老坦克"驮着她进宿舍楼时,常常正好与一位搓麻将后乘出租车归来的阔太太相遇。在全身珠光宝气的阔太太面前,她总是自惭形秽,不是低着头就是装着看别处地从她乘坐的出租车前匆匆走过。

有一次她们又相遇了。这回阔太太似有意识地赶上她的步子,然后深情地对她说:"你真幸福,有这么一位时时体贴你的丈夫!"她回头看到了阔太太红肿的双眼。其实她早就听人说起,阔太太的丈夫在南方开了一家公司,很少回家。她很富足,也很寂寞。

她从此明白,当我们羡慕别人的富裕时,说不定别人也在羡慕我们的幸福呢!

赴宴的难题

几个澳洲人在华人设宴的餐桌上意外遭遇难题：在澳洲，客人吃剩了菜就意味着主人烧的菜不好吃；而在中国，你要是吃光了一桌菜就表示你还没吃饱。

所以，为照顾对方的面子，作为华人的主人家拼命地烧菜，忙活了大半夜。作为客人的澳洲人拼命吃菜，险些撑破肚子。其中一人未待散席，即捧着肚子匆匆忙忙地上厕所，还由此获得了一个"饿鬼"的恶名。

危 机 之 际

　　小孙上班的第一件事就是传播昨日亲见的一幕悲剧：

　　公园门口有个卖气球的摊主将几十个大气球拴在一个柳条筐上，柳条筐又被固定在自行车的后座。五彩缤纷的大气球在风中摇曳，煞是好看。在摊主不注意的时候，他带的一条小狗跳进柳条筐内。小东西一阵撒欢，把固定筐子的绳子挣脱了。不好！在人们一片惊呼声中，众气球便已连带着筐中的小狗，慢慢向空中升起。小狗显然被飘舞的气球所吸引，根本没有意识到危机的来临，反而玩得更欢。

　　"畜生，快下来！"摊主一声大喝，才让它清醒。那时气球离地不远，小狗还来得及跳下，但那小东西肯定是怕了，挺直了四条腿发呆，错过了一次求生的机会。气球这回正沿着公园售票处的墙壁上升，按理说这又是一次机会，小狗可以适时跳到屋顶上去。但它仍挺直了四条腿发呆，错过了最后一次机会！气球越飞越高，越飞越高，小狗突然不再发呆，开始狂叫，在筐里乱跳乱撞。最后它一跃而起投向大地……

　　"死了？""死了……""太傻！没办法，畜生嘛！""不见得吧，人类比它聪明了？"

公交车上的座位

上了一辆空荡荡的公交车，我可以从容地选择理想的座位：靠驾驶座旁边的座位挺好——平稳，缺点是汽油味重；靠窗的双人座虽不错，但倘若待会儿上来个胖子同座就够我受的了；那个单人座倒可免于局促，但前面的铁墩令人伸腿不便；好不容易挑中一个理想的座位，又是在两扇移窗之间，无法获得开窗与关窗的主动权……

几次三番地调换位子，自己也觉得非常可笑。奇怪，当你可以任意挑选座位时，怎么反而不如在拥挤的车厢里碰巧占个座位的感觉好？

干与不干的

以前家里的柴米油盐、衣食住行都有热心勤快的妻子操心,他乐得既省事、省心又清闲、潇洒。非但如此,他还当然地对妻子买菜的失误(例如价钱、质量等)、烧菜的优劣(如咸淡、口味等)拥有绝对的事后批评权。妻子在他居高临下的凌厉攻势面前唯唯诺诺,只有认错、检讨的份。

后来妻子生病住院,以前由妻子操持的家务一件不少地落在了他的身上。他起早贪黑,忙得灰头土脸。每次骑车将自己亲手烧的饭菜送到病床上的妻子手中时,妻子开始数落他的不是了:不是说买贵了就是嫌其烹饪技术拙劣,再就是餐具不洁等等。这回轮到他洗耳恭听、诚惶诚恐了。

某一天他忽然感叹:嘿,这家庭也像是在单位,什么时候都是不干的批评干的;干的既累了身子,又背着骂名。

主刀医生

老宋的太太因患子宫肌瘤需要动手术,托了很多关系,一位甲级医院的朋友为他联系了该院的一位主刀医生。太太正式手术前两天老宋有点不放心,打个电话问朋友:"同样是三级医院的医生,水平也有高下,你介绍的医生究竟怎样?"

朋友在电话那头拍胸脯说:"放心,那位医生名气大得很呢,出过十几本专著,博士生导师,现在还带着四、五个研究生,给你太太动个手术还不是小菜一碟?"

老宋放下电话后仍不放心,再打电话去:"不对啊,他才四十出头,博士后毕业没几年,就写了十几本书,还带那么多研究生,哪有时间看病动手术?我怕这种医生缺少实践经验,我老婆是动手术,与写书、带研究生无关。"

朋友有点不耐烦了:"这样的医生帮你请到已经很给面子了,你还不放心?告诉你吧,我天天看到他拿着几只白老鼠搞实验,谁能说他没实践经验?"

老宋几乎要哭出声来:"可我是要他给我老婆动手术,不是给白老鼠动手术呀!……"

股市与球市

眼下股市老跟股评家们顶牛：当多数股评家说下周要反弹时，大盘偏偏就是连续几根阴线；而当大多数股评家说要下跌时，大盘硬是坚挺着上升。一个股票如果被大多数股评家叫好，那么下周该轮到此股票下跌了。如此三番五次后，再看报上股评家的文章，篇篇写得遮遮掩掩、模棱两可，让相信报纸的股民丈二和尚摸不着头脑。明眼人都清楚，这类文章看了等于没看，也许不看还更好些。

球市也是如此。

当足球评论家说，A队主将伤病、士气低迷、此战必败、出线无望时，偏偏此役对手因骄傲轻敌大失水准；A队破釜沉舟，作背水一战，力克对手，绝处逢生。当足球评论家说，B队兵强马壮、又有一流教练临阵指挥、胜券在握时，不料天有不测风云，整场比赛大雨滂沱，B队快速反击的特长无从发挥，加上球运极差，而对手却是超水平发挥，竟使B队败北，令球评家大呼"看不懂"。以后球评家再评球就不敢信口开河，变得出口谨慎、留有余地了。若要预测两队胜负，或作四六比，或作三七开，即使错了也不至于全错，以保住部分脸面。这种"预测"的文章见得多了，球迷们便不再理会球评家，只相信自己的直觉。

股市如此，球市如此，人生不也如此？

只因百叶窗没打开

我通知房屋中介,要把我那套两室一厅出租。可以说,这套房不论是地段、环境、朝向、房型、设备,还有租金都无可挑剔,我还将房子里里外外彻底打扫了一遍,以便给看房的租客留下好印象。

三天过去了,中介带来看房人不下十几批,他们往往一进门便把房间打量一遍,然后一番称赞,然后说再去看看别的房子,好作个比较,然后满面堆笑地告辞,最后他们谁都没有再回来。自信心大受打击的我只好屈尊给中介打电话"请教"原因。中介说:"我正要打电话提醒您呢,能不能把你客厅的百叶窗打开?看房的都说房子太暗。""天那,就因为这个?我还怕开了百叶窗光线太强烈呢!他们怎么就不想想,客厅朝南光线会差吗?"中介摇摇头说:"没办法,你也知道,人都是感性的动物。"

果然,第二天中午房子就租出去了,只因那天我早早把客厅的百叶窗打开。

坏了的门铃

以前家里没装门铃,来客敲门许久方有回应,以致常常怠慢了客人或误了要事。后来下决心装起了门铃,每有客人来访,只需轻按按钮,门铃便丁东作响,家人即时开门,颇感便利。

有一天门铃忽然坏了,更糟糕的是谁也没注意到这一点。于是这天,凡是不速之客,按铃半天,不闻应答,均失意而归;凡是预约者,按铃半天,不见开门,均悻悻而去。

没门铃时最多只是一点点小麻烦,门铃坏了又不及时发觉,带来的却是意想不到的大麻烦。

对付无理哭闹

　　五个月大的宝宝脾气不小，一不顺心就哭闹。宝宝一哭，年轻的妈妈只好放下手里的活把宝宝抱起。如果说先前宝宝的哭闹还有理由——如饿了、渴了或是身上哪个地方不舒服了——那么现在的哭闹就有点无理取闹了。他已经知道，只要哭，妈妈再忙也会赶来抱他，于是发展到无聊了、想妈妈了就哭，偶尔的被不予理睬就哭得更厉害。

　　小夫妻不胜其烦，只好雇保姆带宝宝。保姆是个有经验的中年妇女，她对待宝宝的方式是凡无理哭闹一概不抱，要抱也是选择在宝宝确实需要或者"表现"好的时候，规矩做出后不再改变。哭，不抱；不哭，反而抱；抱，是对宝宝表现良好的奖赏。毕竟婴儿尚在生长期，坏习惯形成快改得也快，仅两个月宝宝就把无理哭闹的坏脾气彻底改掉了。

禁而不止

老S家的北窗隔着一片灌木正对着马路,经常有过路行人因一时找不到如厕之所而匆匆钻进这灌木丛里大小便。更有甚者,慌乱中直接将大小便拉在老S家的窗下、墙根。吆喝、咒骂都无济于事后,老S愤然在靠窗口的墙上写下"此处不准大小便!"几个大字。无果。添写:"讲文明、讲卫生!"仍无果。再添写:"违者罚款!"照样不时有憋急了的行人前来"光顾"。

正当老S再也无计可施时,有友人前来献策:"大小便者并非故意和你过不去,实在是因找不到厕所而为,怕单纯禁止于事无补。"老S大悟,抹去先前写的大字,另书一行小字:"前行七十米处有厕所"。大小便从此绝迹。

享受商场

  周末下班时妻子发了条短信给他:"晚饭别等我,我去超市买保鲜膜。""保鲜膜?家里多着呢,还要买?"他心急火燎地烧饭,然后哄着小女儿吃饭。吃完饭,看了一会儿报,妻子还没回。这时,起居室的日光灯灯管坏了。发短信,妻子的手机关机,只好亲自出门买灯管。在大门口碰到喜气洋洋的妻子。她不管他虎着的脸,举起刚买的一条裙子:"怎么样,好看吗?还打了折呢!"与他预想的一样,她还买了与保鲜膜毫不相干的拖把和一个煲汤的专用锅。

  他来到超市,直奔灯具区,取了与家中相同型号的灯管,又直奔收费处。碰到邻居张阿姨,被问及为什么不让太太买,"我刚才还看到她在超市呢!"

  "没办法,她手机关机了。"

  "她关机是不让人打搅。"她显然看出了我脸上的不快,"别为这种小事生气,女人跟你们男人不同,男人上商店是完成任务,女人逛商店是精神享受。"

空 调

酷暑天去找一位朋友。一走进朋友家所在的那条逼仄的弄堂，顿感热浪汹涌，有一种缺氧般的闷热。环视四周才知，由于热，家家户户都开足了空调，由空调排出的热气全都弥漫在这个狭窄的弄堂里，进一步放大了这里的高温效应。但一进朋友的家门，一股冷气扑面而来，凉爽过后竟有一丝寒意。一冷一热，真正的冰火两重天。再看那台落地空调，正调在 22℃ 上。朋友看出了我的疑惑，解释道："不调高不行啊，否则外面的热气很快就会压过室内的温度。"我说："由此造成了外面弄堂里的气温更高。"我俩都苦笑着摇摇头。

这很像一个放大了的世界图像，也是一种隐喻：人类就是这样，在追求现代文明所带来的幸福的同时也付出了资源消耗和环境恶化的代价！

观者如堵

一晨练的老人在街心花园发现一个蛇皮袋,袋口伸出一只僵直的女人的玉臂。惊恐万状的老人打电话报警,语无伦次地高呼"……女人……分尸案……"

待呼啸而至的警车开到事发现场时,这里早已围满黑压压的人群。警察打开蛇皮袋一看,里面原来是一具半身的衣架模特。现场好奇的"观众"嬉笑着一哄而散。但街心花园发现女尸的消息不胫而走,"参观者"络绎不绝,道路为之堵塞。当地居委干部只好贴出标语:"此处无女尸"。

后来者驻足标语牌下议论纷纷:既然此处无女尸,那么女尸在何处?——道路引起更严重的阻塞。

同质不同价的伎俩

她踏进店门的第一眼就看中了一个挎包,款式、质地都中意,只是价格有点贵——八百元,然后她挑选这家店里其他的包,想的却还是那个包,并继续在为价格纠结。

忽然她又发现了另一个包,款式、质地和先前那个几乎完全相同,只是颜色略有不同——是她喜欢的驼色,再问价格,只要五百元。于是她果断地买下这个包,甚至忘了还价。两个营业员小姐望着她出店门时的背影,不约而同地相互打出V形手势,齐声说道:"又是一个!"

微信里的朋友

自从有了微信,朋友圈越来越大,真正的朋友反而越来越少,真实的友情也越来越淡——不是这个意思,我想说的是以前的朋友不是这样的。以前三五个朋友小酌,大家都很珍惜难得的聚会,聚会少,话题就多,交流就深,每个人的心里话都可以在餐桌上倾诉;可以一起放肆大笑,也可以一齐抱头痛哭。

自从有了微信,朋友间的聚餐就没有好好吃过饭,当然也就没有好好说过话。还没有赴宴先发微信,上菜后的第一件事就是拍照发微信,半杯酒下肚继续发微信。大盘菜上来要发微信,小盘菜上来也发微信。上个水饺除发整盆的照片外还得来个咬开了馅的特写。餐桌上不时地一阵寂静,环顾四周所有的人都在低头发微信。回到家清醒过来,想起餐桌上许多要讲的话没讲,有点遗憾,于是大家互发微信补叙思念和友情……

骑车过旱桥

小时骑车上学，每天来回两次要经过一座底下跑汽车的旱桥。旱桥很高、很长，上桥特别费劲，将要到桥顶的一段路甚至得下车推行。但下桥时却很省力，可以靠着自行车的惯性，毫不费劲地一路冲下去。因为上桥太吃力，所以下桥时很自然地猛踩几下踏板，让车子最大程度地产生加速度，这时车轮飞转，耳边是呼呼的风声，整个身子像要飞起来一样。上桥时的艰辛换回的是下桥时的惬意，两者的"恩怨"也就相互抵消了。

如果想增加这种快感，并且让车子趟得更远，就得在下桥中途再多踩几脚踏板，这是感觉最爽的时候，但也是危险系数最高的时候。加速使得幼小的我常常控制不住车把，记忆中摔得最重的两次就发生在这个当口。吃了两次亏我就学乖了，每次下桥时尽量不踩踏板，中途感觉车速太快时打两下刹车减速，快到桥底时再用力踩几下，以便让车"荡"得更远些。从此再无失控、摔倒现象发生。

恢复低产

某人从农科院购得通过航天卫星在太空搭载过的油菜籽良种,试种一年获得高产。消息传出,四周乡邻竞相愿出高价购买某人的"太空油菜籽"作良种,被某人一概拒绝。而某人自己则继续用这些太空油菜籽种植油菜,并扩大种植面积,以求获取更大的利润。

不料这回事与愿违,油菜的单位产量逐年下降。农科院的技术人员解释了这一现象:太空油菜的周边生产的都是普通油菜,由于太空油菜在生长期内接受了普通油菜的花粉,致使前者变种,从而又恢复了低产。

及至今日,所谓的"太空油菜"已与普通油菜毫无二致!

表　演

在网上读到一篇关于某离休的高级干部,隐姓埋名,用"一个老共产党员"的名义为贫困学生捐款十年的文章,很感动,很想看看跟帖中网友们是怎么评论的,再想想,免了。可以想象到那里面会有大量正面的评价,但也肯定免不了有各种杂音,读了怕影响情绪。

互联网时代是个信息爆炸的时代,又是个急躁而喧嚣的时代,我们像是在一个闹哄哄的屋子里,显得每个人的声音总是那么微弱,需要放开嗓子才能让人听见。但人人都在大声地说话,我就需要更加大声地说,语不惊人死不休。也许别人没听懂我说了什么,但至少知道我说话了;也许我说得没什么道理,但至少别人知道我在说道理。所以,本质上人们都不想听我的话,也不知道我究竟说了什么话,但是我说了,我就有存在感,我发泄了,我满足了表演欲了。所以我们看待相当一批跟帖中那些愤世嫉俗、亢奋激烈的言词,不必过分注重于它们所表达的内容,也许把它们视为表演更符合实际些。

游 上 海

他从大上海游玩后回家,在这个偏远的小山村里真还成了件新鲜事。乡亲们好奇地围着他,七嘴八舌地问他游上海的观感:逛过南京路、外滩、陆家嘴吗?看过金贸大厦、杨浦大桥、洋山深水港吗?……他不停地摇头,一脸茫然。

"唉,可惜……"人们同声叹息。

"可我玩了上海的公园呀!上海的公园大都不收门票,不花钱,你们说多合算!这一个礼拜的时间里我几乎把上海的公园都玩遍了,那才叫爽呢!"

"小伙子,我没去过上海,但我知道城市里的公园是为缺少花草树木和新鲜空气的城里人准备的,我们这里还少了这些吗?你没去看该看的东西,再少花钱也是白搭!"

年龄

孩提时被人问起:"小朋友,你几岁了?"我们往往回答:"五岁三个月了。"多三个月也是好的。

青年时代被人问起年龄,我们会理直气壮地说:"快十七岁了。"这个"快"意味深长。

问三十岁女孩的年龄,回答就有点嗫嗫嚅嚅,剩女尤甚。

询问耄耋老人,他们仿佛又回到了童年:"再过二年我就一百岁啦!"

换一种活法

程师傅退休后不久就和老伴异地购房,在一个离大城市二小时车程的小城镇安家落户,过起了他们所说的"幸福的乡村生活"。每次回"老"家,原来的街坊邻居总会用十二分同情的眼光看着他,惋惜地说:"老程啊,你又不缺钱、不缺房,城市人不做去做乡下人,何苦呢?"

程师傅说:"大半辈子待在大城市里,我早就过腻了城市生活,以前要上班没办法,现在退休了,完全可以放飞自己的心情,享受另一种活法,而腾出的房子正好给在城市上班的儿子成个家。这里的房价便宜,在城市只能买一个厕所的钱那里可以买下三室二厅还带一个车库。而且小镇的生活设施一应俱全,城里有的那里都有。我实在找不出不搬过去住的理由。"

"可有个头痛脑热的看医生多不方便啊!上了年纪就怕生大病,城市里方便送医。"

"难道一辈子生活在逼仄的空间和空气、水源、噪音污染的环境里,就为了某一天生了大病方便送医吗?那里空气清新、环境安静、蔬菜新鲜,喝的是没有污染的山泉,用当地人的话说'要生大病也难'。何况当地也有卫生院,一般的病送医反而比大城市更快。"

"多"的烦恼

小B不像大多数人那样喜欢逛街,常常视购物为畏途。有时为买一件东西不得不走遍大街小巷,累得筋疲力尽,最终仍空手而归。这样看来,网购似乎更适合像小B这样的消费者。网购最大的好处是购物便利,其次是商品丰富,再次是低价。点点鼠标,成千上万的网上店铺就立马向你敞开大门,无数的商品任你浏览,真可谓"不怕买不到,只怕想不到"。

想不到的是小在网上买过几次货品后连声说累,他说:"你想,网店是什么?海量的店铺,海量的货品!你访问一店一货,看完里面大量的文字和图片已经够累了,但你不会仅仅访问一店一货,否则作不出比较,也就无法定夺。但那么多的货品从款式、尺寸,到功能、性价比……千差万别、各有千秋,总是叫人莫衷一是。你越拿不定主意你就越会访问更多的店铺,你因此就可能进入一个怪圈,直到把你累垮为止。"

是啊,这是互联网时代常有的现象:海量的信息在终结信息匮乏的同时又给你带来选择的烦恼。但你不认为这是小B的矫情吗?有众多的选择你真的不欢迎吗?说不定这回小B正偷着乐呢!

天下第二泉

经常游历各地风景名胜,常能见到"天下第一泉"的称谓。第一次见到"天下第一泉"时曾有油然而生的敬仰之情,及至看过无数个"天下第一泉",甚至看到一些毫无特色可言的泉水也被当地人立碑委以"天下第一泉"的美名时,我反而把"天下第一泉"看作是再普通不过的泉水。至于平生究竟看过多少个"第一泉",也就无从想起了。

倒是无锡的"天下第二泉",因其不争天下先,以一个自谦的"二"字,跳离"一"的樊篱,独树一帜,至今印象深刻、念念不忘。

恐惧的产生

某君三年之后重登九华山主峰天台。这天晴空万里,脚踩天台峰巅的鱼脊梁般的岩体,俯视绝壁下的险情,令人心寒腿软。只得手扶铁索颤巍巍地慢慢移步,好不容易磨到尽头处,就赶快回转若避生死禁地。退至安全处,吐口长气,若释心头巨石。

回忆起三年前同样经历此境,却绝无如此窘态。思之再三,才忆起那是个雨天,山头浓雾密布,三米开外不辨人影,匡论远景。某君与众游客行走在鱼脊梁般的岩体上,如履平地,甚至雨水雾气造成的泞滑也没能阻止他们的行走如飞。

哦,大雾使他们忘掉了恐惧,风大雨密使他们身手敏捷。

大都市的便利

老 P 再忙,十年来难得一次的初中同学聚会不想错过。老板准了他 2 天假,他乘飞机从东部大城市赶往家乡,一路奔跑、行色匆匆,到会时还是迟到了二十分钟,老同学们调侃道:"老 P 到底是大城市的人了,惜时如金,同学聚会也不想浪费半刻!"他们大多毕业后在家门口上班,工作轻松,时间宽裕。

"哪里、哪里!"老 P 擦着汗,"本来可以乘前一个航班的,老板临时又交办一个任务,实在推不掉。兄弟不比你们,为老板打工,身不由己啊!"

"可你现在除了赚大钱,还享受着国际大都市的一切便利!"

"便利没怎么体会,不便倒是随处可见:买个像样一点的房子,没有四五百万,免谈。即使合租个斗室也得每月花上几千元。住在里面二十四小时噪音不断,推开窗户可见满天的雾霾,打开水龙头常有异味发出。而且从此在老板面前挺不起腰杆,唯恐哪天被炒了鱿鱼断了供。这样的生活到头来不生病才怪呢!"

同学们一张张的脸上一下写满怜悯和同情:"那你干吗还留在大城市呢?"

"不知道吗?那里医疗条件好呀!生了病可以进一流的大医院呀!"

——不知老 P 是真傻还是装傻。

老农发财

近郊一个村子里的小伙子们都到城里打工去了,留下老农一人仍在种菜。有人劝老农:何必再去干那些辛苦活,学学那些后生上城里赚大钱去吧!

老农说:"城里的活有城里活的难处,在那里打工也不容易。再说城里人每天得吃菜,进城的农民也得吃菜,吃菜人增加了,种菜人减少了,我正好可以种菜赚大钱!"果然,进城的年轻人还未在城里站稳脚跟,老农却已在乡下种菜发了大财。

没有好差之别

我一直在尝试通过网络,与一位和我有同样旅游爱好的异地的陌生朋友交换租住各自的住房供对方短期居住,实现到对方所在地做深度旅游的愿望。这样的一个"朋友"竟然真的被我找到了!双方都很兴奋,在网上畅谈各自的旅游爱好和理念,介绍了自己可提供的住房的基本条件,然后便谈到各自所在地的旅游资源了。

这时对方显得自惭形秽:"我们这里是个离黄河不远的小镇,很荒凉,交通不便,没有什么风景,没有那些称得上是景点的地方,比起你们美丽的江南差远了……"

我赶快打断他的话:"没有风景的地方也是风景呀,对那些整天生活在风景里的人,他们也要体验没有风景的风景。旅游地是没有好差之别的,没有去过的地方就是要去的地方,就是最理想的地方,没听过这句话吗——'旅游就是把自己从待腻的地方带到别人待腻的地方'?"

对方很快打出一个"微笑"的表情,我赶快回复他一个"大笑",然后又加了个"OK"!

排队

有一次和朋友排队买车票,用聊天打发无聊。朋友问我:"你要知道排队也有乐趣的时候。"

我苦笑一声算是回答。

朋友说:"我一直觉得排队最大的乐趣就是在前面剩下的人已不多,而后面已成长队、而且不断有人加入的时候。前面人少表明胜利在望,后面的人多说明没有排错队,陡增了不少成就感。"

减税与退税

市政府为了刺激市民消费打算出台一项减税政策。市长为此向专家咨询。专家说,与其减税,不如用退税的方式更能达到刺激消费的目的。市长不解:"减5%的税和退5%的税让市民得到的优惠完全相同,为什么作用就不同呢?何况退税还增添了手续上的麻烦。"

专家说:"减税,不过是在市民原本得到工资数的基础上增加5%。人们习惯于把这个数额仍看作是工资收入的一部分,在留出日常必要的支出外,其余的钱都将存入银行。退税就不同了,人们会把那个5%看作是计划外的收入而及时消费掉。至于手续上的麻烦,只会进一步强化他们是通过'努力'而得来'意外钱财'的心理感觉。"

了解确切病情

解放前夕,风传南村的恶霸李小毛患了不治之症,正躺在床上等死;昔日狐假虎威跟随李小毛欺压百姓、残害无辜的狐朋狗党已作鸟兽散。北村一些遭李小毛欺压多时的村民深深地松了口气,然后商量如何去将这恶霸痛揍一顿,促其早日归西,以解多年之恨。

但临到出发,人群中一位年岁稍长些的说:"我心里总有点不踏实:李小毛平时体壮如牛,怎么一下子就得了不治之症?如果他的病不足以致死,那么挨过揍的他病愈后就会对我们逐一报复。稳妥起见,还是先打听一下李小毛的确切病情。"

派出的"探子"很快回来了,确凿的消息是李小毛除腿上偶患疔疮外别无痼疾,他的党羽也绝无离散之事。众人闻讯,陡然色变,旋即庆幸自己终究没有轻举妄动、酿成大错。最后大伙合计凑钱买了各种滋补品派人给李小毛送去,"以表心意",并祝他老人家早日康复、长命百岁。

老H的头屑问题

　　和我同住在一个宿舍里的老H最近也用上了一种据说是高效去头屑的某个品牌洗发膏。

　　十多年前,老H从来没认为自己偶尔有点头屑是什么了不起的大事。让他觉得不该对头屑小觑的是这几年间连续不断、如雷贯耳的洗发膏广告。这些广告几乎每天都在宣传头屑是如何妨碍社交,如何影响自信云云。

　　无理重复一千遍也成为有理,老H终于不能免俗。

免费开放

　　时下各类公园门票看涨。昂贵的票价使游客望而却步,而游客稀少使公园入不敷出,迫使票价继续加码,而游客则变得更少。

　　松鹤公园却反其道而行之,赫然打出"本公园免费开放"的牌子。与此同时,园内增设游乐商场和各种旅游、娱乐服务项目,并以招商形式辟建古玩花鸟鱼虫市场。由于免收门票,游客都乐于前往,而公园内新增的设施与服务又吸引了更多的游客。公园方面虽少了门票收入,却增加了其他的收入。两者相抵,收益猛增,让步履维艰的兄弟公园大跌眼镜。

猎石的启示

他喜欢上"猎石"还是一年前在一个度假村边上的河里无意中捡到了一颗观赏石开始的,从此这一带河道里的一种带有花纹的鹅卵石让他着了迷,他一有空就去河边埋头搜寻这种鹅卵石,几乎达到废寝忘食的地步。但当听说当地还产黄蜡石时,先期对鹅卵石的专注就转换成一门心思地寻找黄蜡石。当后来又听说这里的河里能发现硅化石时,他的注意力又转向了硅化石。他自己也奇怪:每当专注于某种石头时他满脑子想到的、看到的就是这种石头,心无旁骛,很难做到同时顾及所有的石头,因而他的猎石效率总是不高。

回家后他上网、进图书馆,恶补地质学、矿石岩石学、宝石学等与猎石相关的理论知识;又上博物馆、逛奇石进一步增加感性认识。一年后当他再次来到度假村时俨然已成半个奇石专家,他重操"旧业"——猎石。但效率已今非昔比,他来到河边,各种石头尽在眼底,有没有价值一眼就能分清,称得上是奇石、宝石的更难逃过他的"法眼"。

他事后向我解释道:"当你把知识学懂并且融会贯通,让它真正属于你以后,你的视野自然就会开阔,你的视点就不再是单一的了。"

富人不富

　　B君那时还没成家,一人吃饱,全家不饿。他觉得除了吃饱,加上三五天一次红烧肉,这生活已经过得够好的了。他轻财好义,街坊中哪家经济有困难,哥们儿中有人生活拮据,不待开口,即已慷慨解囊。后来有了家、有了孩子,开销大了,但不久涨了工资,吃饱喝足之余,他乐善好施的天性没有改变,他常说的一句话是"钱算什么?去了还会来。"这倒没错,B君再怎么把钱花个精光,到下月发工资,钱又来了。

　　穷人们念其以往的好处,所以当得知B君这几年下海后发迹,成了千万富翁后,对他的这次衣锦还乡的救贫帮困寄予极大的期望。不料,B君回家乡兜了一圈,和老乡们打个招呼后,便匆匆钻进他的"宝马",绝尘而去。同行的妻子不满于B君此行的一毛不拔,诘问之。B君答:"昔时未富,柴米油盐加上几套衣服足矣。今我成大款,得买房、买车,得花钱公关,炒股没有个上百万也不行,哪有钱帮困!"

电熨斗与电吹风

公司职工分配礼品：电熨斗和电吹风。按规定，每人只能拿一件。张阿姨家里的电熨斗刚买不久，她缺的是电吹风。按理说她应该拿电吹风，可她犹豫再三到头来拿了电熨斗，原因是电熨斗比电吹风几乎贵了一倍。

孙女士家同样有电熨斗没有电吹风，她二话不说挑了电吹风，尽管她也知道电熨斗远比电吹风贵。现在她既有了电熨斗又有了电吹风，她没有留下遗憾。

张阿姨一回到家就后悔了：不对啊，现在家里有了两个电熨斗，放着占地方，送人又心疼。倒是原本缺少的电吹风还得花钱去买。

合作的生机

那天,一家青年杂志社的社长和一家婚介公司的老板在冬日中午的阳光下,在市中心的一块绿地里相遇了,这纯属巧合。杂志社连续数年印数下跌,今年已跌进警戒线。社长想到这些就郁闷,饭后出来散散心。婚介公司规模小、业务量少,同样前景堪忧,老板出来散步解闷。

两人见面时都记起双方曾有过一面之交。毕竟隔行如隔山,对家底用不着像在同行面前过于掩饰。一交谈便各自大吐苦水。倾诉之余,同病相怜,一个金点子也就浮出水面。社长说:"我的杂志没有必读性的内容,所以无法留住读者;你呢?缺少知名度,影响业务拓展。如果在我的杂志上开一个婚介栏目,服务读者,我们就能留住读者。栏目由你们协办,发挥你们的业务优势,弥补我们的人手不足;同时依靠我们杂志在青年中的影响力扩大你们公司的知名度。"老板一听也乐了:"优势共享,相得益彰,好点子!""……"

这还是两年前的旧事。经两年通力合作,两单位实现双赢,如今均已在业内翘然出众。

失业的包袱

A君以哲学史博士的头衔应聘工作屡屡受挫。用人单位多以"庙小容不下你这尊大菩萨"为托词予以婉拒。三年后A君隐去博士学历,以本科学历谋取小秘书的职位。他的勤奋与才能使他在四年后攀上公司主管的位子,年收入远超过大学教授。

有一次母校召开哲学史学术研讨会,A君潇洒地回来了。见到当年的导师,A君说:"当年要是没读那好几年的博士学位,直接就业,我赚的钱差不多可以给母校设立一笔奖学金了!"

"谢谢,"导师说,"没有也好,要是让我们再骗几个博士生进来不又给社会增添了几个失业的包袱吗?"

智商问题

某国传来消息,说该国科研机构测定该国总统智商极低,竟低于80,而据说一般大学生的智商都在110以上。这引起了国民的极大兴趣:"我们的总统竟然和白痴差不了多远!""我们怎么能容忍一个白痴在领导一个国家!""……"

国民的声音还是传到了总统的耳里,总统手下的人感觉十分尴尬,他们找出国外有比80更低的元首的例子;他们论证80其实与110属一个档次,两者没有质的差别;甚至有人证明智商80的人在领导能力方面强于任何其他智商的人——这已经是为了献媚而不顾一切了。

后来总统说话了:"谢谢!你们什么问题都想到了,就是不去想是不是测智商的方法本身有问题?"

不亏待员工

这里是全省都有点名气的大酒店。这里几天前发生了不大不小的一件事。说不大，不过是服务员不小心把端给客人的茶水泼在了客人的皮鞋上；说不小是这事发生在以一流的服务著称的四星级大酒店。当下客人提出了无理的要求，要这位女服务员不能用抹布，用她的衬衫袖子擦干鞋。受到侮辱的女服务员的回答是把杯子里剩下的茶水泼在了客人脸上。

事情闹大了。客人坚持非但要女服务员赔礼道歉还要用舌头舔去泼在脸上和鞋上的茶水。正巧酒店总经理不在，处理这件棘手事落在了大堂经理的身上。大堂经理也不多说话，径直走到客人面前一面道歉，一面用毛巾擦拭客人脸上的、然后是鞋上的茶水。不容客人"申辩"，立即把他"请"出了大堂。客人还想发作，瞥见周围怒目而视的人们，也只好见到台阶就走人了。

大堂经理和女服务员作好了受罚的准备。不料总经理回来后了解了事情经过，就像没发生任何事似的不做声。以后几天还是如此。偶尔被人逼问得急了，抛出一句话："你不懂吗？要使客户满意，首先要使员工满意。亏待了员工，我拿什么去让客户满意？"

不被常识蒙住眼睛

一下岗工人与一证券报记者同时炒股。一年后与人们的预想正好颠了个倒：证券报记者亏到本里，下岗工人却大发。这就像相扑比赛中相扑运动员输给了象棋手。

下岗工人随即被奉为"股神"，并被要求传授经验。"股神"说："说起来有点不好意思，我股票做得好，不因为别的，只因我对股票一无所知。假如做股票完全是凭经验的话，那么投资股票越久的人赚钱就越多了。但实际上反而是不少大胆的外行人在股市中赚了大钱。在这变化莫测的市场上，有时外行人比有经验的人有利，因为他们可以不被常识蒙住眼睛。"

"恶搞"见闻录

某大牌导演投资二亿、历时三年,拍出了被各种媒体早早炒"熟"的某巨片。本打算巨片会在一片叫好声中赚个盆满钵溢,不料观众反响平平,市场并不见好。大导演正烦恼时又冒出一无名小子,用一张该影片的盗版光盘,花三个晚上的业余时间,把巨片"恶搞"成一部二十五分钟的短片,在网络上广为传播。

导演愤怒时放出了一句不怎么"绅士"的言语:"法庭上见!"刚讲出口就后悔:且不说官司能否打赢是个问号,堂堂大导演与一个名不见经传的毛头小伙对簿公堂,首先就掉了价。但此话传出,狗仔们已经跃跃欲试,网民们则差不多要欢呼了!导演理性思维的结果是选择放弃。就像一出好戏,刚起了个头就草草收场,未免让人失望。于是他们中的许多人在争相看过网上的短片后又意犹未尽地走进了放映该巨片的影院。

巨片的票房竟因此而飙升!

去证明你能干

在出版社里干了几年编务后他转而搞起了图书销售。多年来,他一直自认为具备了一个销售人员的全部素质,缺少的仅仅是"表现"。他带着一揽子自认为很好的设想和点子在领导层游说。领导们一般总是一面听一面不时地点头。这样的"镜头"看多了,他才意识到这种点头很暧昧。你说他不听吗?他在听;你说他听进去了?他可没说同意你这么干。想想也是的,领导在没能领教你的能耐前凭什么相信你?但他即使不赞同你也没有反对你呀。

想通了这点后他不再"游说",就按他自己的设想干起来。权限内的事干,权限外的事也干,不时地打打擦边球。领导看到了,但也只能睁一只眼闭一只眼。他这一干就是一年,业绩比同事翻个倍不说,社会影响也跟着提高,行业中人都知道某某出版社有个某某人搞图书销售如何如何厉害。这下领导层对他刮目相看了。当他坐在与一年前相同的年初销售认证会上侃侃而谈时,领导频频点头,最后明确表态:"你的设想很好,你就大胆干吧!"

当你突破障碍证明你确实能干时,领导即使不想让你干也不行了。

改 变 自 己

这个单位就像温吞水,能干的、不安于现状的人都炒了领导的鱿鱼另攀高枝。剩下不走的有三百人。如果不是因为请假方便、不加班,剩下的人中早该有三分之二的人离职了;如果不是因为这是个事业单位,另外三分之一也该离职了。就因为请假方便、不加班、事业单位,剩下的三百人选择了不走。

不走,也得付出代价呀。不走意味着你改变不了环境,改变不了环境就只能改变自己了。有一次,一位外来的参观者在该单位转了一圈后问人事处长:你们单位的职工怎么行为、讲话都谦恭、温顺,像从同一个模子里出来的一样?矜持的人事处长微笑着不回答。明眼人其实都清楚:这就是改变自己的结果呀。

旅游归来

他从马尔代夫旅游归来。刚下飞机不久便收到五条短信:女友的、母亲的,还有三条是同事的。

他给女友的回信是:"感觉奇好!真像走进了天堂的后花园,美得无法用言语形容。岛上到处都是花、树,海水如空气般透明,海底世界充满奇幻色彩,这几天充分享受了安详与宁静。真想陪你再游一次!"给母亲的回信是:"妈,玩得很高兴,睡得也好,胃口大增。真正的享受!"给仨同事回了同样内容的短信:"一路艰辛,当地宰客厉害,无甚好玩,谢谢问候!"以此平息妒意。

不走水泥路之谜

刚退休的程教授回农村老家作短期休养。家门前有两条路都能到达集镇。一条是水泥铺成的机耕路,一条是狭窄的石板路。没有特殊情况,一般村民上集镇是不走石板路的,石板路是崎岖不平的山路不说,路程也要比水泥路多出两三里。

但村民们发现,大城市里来的程教授每天吃过晚饭都要上集镇一次。这没什么,大伙儿推测城里人习惯了繁华,上集镇也可以多少解除些寂寞。但不知为什么程教授放着平坦、热闹的水泥路不走,偏偏走的是石板路。程教授刚来不久,村民对他不熟,也不便指出。只有孩子童言无忌,老远地对程教授嚷着:"老爷爷,您为什么不走水泥路呀?"程教授和蔼地向孩子们挥挥手、笑笑,算是回答。

——没听见?没听清?没听懂?村民们远远地望见,一头雾水。

后来大伙儿与程教授熟悉了,大人们终于开口了:"程教授,以后你不要走石板路了,那路走着吃力。""是山路,路程又远。""黑灯瞎火的!""有一条水泥路,可好走了,我带你走吧!"

"谢谢你们的好意,我对上镇毫无兴趣。我得每天完成医生交给的相当于步行十里路运动量的'任务'。走水泥路太短,达不到要求的运动量;走石板路接近运动量了,但还差一点,走山路正好补足。再说我更喜欢走在石板路上欣赏一路的山村美景!"

出门的行李

老S每次出差去外地都要花上很多时间准备行李。每次发誓要精简行装,但每次不装满一个大行李箱和一个大拎包根本就出不了门。而且一般规律是准备行李的时间越长,带走的东西也越多。

不知怎的,一贯心细如丝的老S这回上火车前少看了一个小时的时间,当发现这个错误时留给他准备行李的时间已不到十分钟。老S额头马上渗汗,然后就是手忙脚乱地把最必需的东西塞进一个旅行包,然后便是一路狂奔……

没想到老S这次旅程并没有因少带行李而有丝毫不便,看来过去自以为必需的行李其实多半可有可无;而轻装出行的感觉竟出奇的爽!

写成的成功

　　他大学毕业后决定留在这个城市就业。记不清投了多少份简历,参加了多少次招聘会,面试了多少回,他总是不走运,理想的工作似乎永远可望而不可及。不得已和几个同学办起了一家咨询公司,半年中一笔业务也没有,公司无以为继,只好关门大吉,还欠下十万元的债务。

　　天无绝人之路。一书商要做一批励志类图书,找上了穷困潦倒的他。他用三十包方便面,十个白天黑夜,东拼西凑、剪刀加糨糊,炮制出一本名为《商场成功学》的畅销书。书商赚了大钱不说,他也得到不菲的报酬。同时名声也出去了,被媒体宣传为"成功学家";进而阴差阳错地被誉为"成功人士",经常被请去开办训练班给各公司、企业老总讲述成功学;继而大发。如今早已成真正的成功人士也!

角　色

那时她还是戏剧学院表演系三年级的学生。在一部电视剧中被临时"拉伕",出演一个丫头的角色。虽然是个不起眼的角色,台词也少,但她因出色的表演给观众留下深刻的印象。后来同学们干脆就叫她"丫头",叫多了,即使是亲近的老师也常常会忘记她的真实姓名。

不知这究竟是她的幸运还是不幸。从此,片约不断,所有丫头出场的电影、电视剧,导演们都会首先想到她。她扮演的丫头出镜率越高,从剧组到观众越相信她是演丫头的最佳人选。因为是演丫头的最佳人选,所以也不曾有人认真想一想,她除了丫头,是否还能演好其他角色。她为人低调、随和,也不敢有争取其他角色的非分之想,在表演界竞争剧烈的情况下,能演丫头就不错了。这一演,就演到了三十岁。

三十岁那年她随留学的丈夫出国陪读。闲着无事,应聘当地一家电影公司,被安排为正在拍摄中的二号人物救场。该电影上映后引起轰动,她因饰演影片中的东方少奶奶的形象而走红。后来她丈夫打趣地说:"要不是年岁稍大,说不定你还能演小姐呢!"

辞藻华丽

她的一篇经济学硕士论文因"辞藻过于华丽"而未获通过。从中学到大学，能写辞藻华丽的文章一直是她引以为豪的事，所以她受到的伤害是双重的。

问题是下一步怎么办？难道为了让论文过关去刻意写那种学院派欣赏的文字吗？而她通过此事已怀疑当年对专业方向的选择是否明智。有一天，她突然想，我不能适应别人，为什么不能让别人来适应我呢？"华丽"不是缺点，何不找个珍视"华丽"的地方呢？后来她成了一位优秀的广告词撰写者。

公鸡之死

　　那时乡村里没有钟表,更没有闹钟。一只报晓的公鸡替代闹钟每天把他从清晨的昏睡中唤醒,免得他在赶往六里以外的高级中学上学时迟到。被公鸡叫醒的感觉并不好受,特别是"春眠不觉晓"的初春季节,但比起严厉的班主任批评迟到学生的腔调,他情愿听到公鸡同样不那么悦耳的啼叫,那时他对公鸡常存感激之情。后来他有了钟表,还有了工作,那工作可以不必赶早,那公鸡的叫声便变得忍无可忍了。

　　那天,他因通宵打牌晚睡,而公鸡照常准时把他从酣睡中叫醒。怒不可遏的他起床后的第一件事就是把公鸡杀了!他很快就后悔了:是的,那声音让人不舒服,但这只可怜的公鸡仅仅是希望我能像正常人一样按时起床呀!

瓜子

有一次妻子买回一大包瓜子,说是纯天然的安全、优质食品,还说因此价格比所有同类食品都高,但买的人还是很多,去晚了的还买不到呢。我仔细看了包装纸上的商品说明:"无糖、无杂质、无色素、无香精、无防腐剂、无漂白剂、无滑石粉,手工精制……"忍不住对妻子说,这不就是我小时候在乡下的奶奶用灶头、柴火炒出来的瓜子吗?

肉 丸 子

冬日里的一天,几个朋友带上各自的家小聚在一起吃火锅。

席间,人们对其中的肉丸因其特别鲜美而赞不绝口。只有一个小男孩尝了一口肉丸后连声说不新鲜。大人们都说新鲜,唯有一个孩子说不新鲜,孩子的无理也就显而易见了。大人们懒得与小孩论理,继续不时地吃着肉丸,继续称赞:鲜、鲜、鲜!

孩子又咬了一口肉丸,又叫了起来:这肉丸肯定不新鲜!孩子的父亲瞪了孩子一眼:大人们都说鲜,就你说不新鲜!孩子委屈地嘬起小嘴,不说话也不动筷子。旁边一人尝了孩子吃剩下的肉丸,才知真的不新鲜。这时另有人也吃到了火锅里不新鲜的肉丸。

至此人们才相信:这些肉丸中,既有新鲜的,也有不新鲜的。

带伞的与不带伞的

  阿昌起床后的第一件事就是开电视,了解当天天气预报,以决定是否带伞。夏日的天气预报也变得语焉不详:"晴到多云转阴、局部有时有雨……"——这算什么预报?不过只要提到"雨",甚至仅是有下雨的"趋势",阿昌就照带雨伞不误。他对人解释说:"天气预报不可全信又不能不信。哪天不信没带雨伞淋了雨,吃苦的还是自己。呵呵,麻烦了一点,图个保险!"

  同办公室的小 P 正好相反,气象预报一概不听,哪天听旁人说要下雨也照样懒得带伞。理由是:预报某地明天下雨的准确率不会超过 70%;正好下在活动范围的几率只有 30%;而正好下在出门时的路线上的可能性则连 10% 都不到。"想想吧,"小 P 不无得意地对阿昌说,"我为什么要为这么低的淋雨概率带伞?"事实也正是如此,我们几乎从未看到小 P 有淋雨的时候。

  某天骤降大雨,在离单位不远的一家电讯器材商店躲雨的人堆里,阿昌与小 P 正好相遇:两人都成了落汤鸡。这天小 P 不带伞应在情理之中,阿昌不知是恰巧没听气象预报还是气象预报不准。两人相视一笑,都没说什么。

一 念 之 差

公交车上刚下了一个客,甲乙两人几乎都在第一时间发现了空位。两人都稍稍犹豫了一下,因为都注意到对方也想占座。甲不好意思坐,示意乙说:"您坐。"乙更不好意思坐:"不,不,还是您坐!"两人在多次谦让无果的情况下,便一致把座位让给了一位年岁不太大的老人。

但如果情况不是这样——

甲捷足先登一屁股坐进那个空位的同时,乙的屁股也紧挨着落座。"凭什么他要和我争座位?"甲并非没有注意到竞争对手乙,但他认定乙上车已久,说不准马上就会下车,不会和自己争夺座位。想到这里,甲变得怒气冲冲。而乙呢?他认为甲刚上车不久,离那空位的距离也远,实在轮不上他的屁股和自己的屁股亲密接触!想着、想着,火气就上来了。于是,甲乙两人从推推搡搡到恶语相向,直到大打出手——

有时人与人关系的好坏仅起因于一念之差。

第二只碗的破碎

她端着两个盛着面条的大碗,从马路这面走向马路对面。一不留神,右手拿的碗滑落在地摔成两瓣。几乎同时,左手中的碗也随之飞落摔成八块。就在这糊里糊涂的突变中,她一下变得两手空空。

静下心时她才想起:按理第二只碗是不该打破的,因第一只碗落地的惊慌以及下意识的、肯定是徒劳的补救动作,才导致了第二只碗的破碎!

学溜冰的孩子

我带着儿子在旱冰场学溜冰,这已经是第六回了。儿子战战兢兢地学,我战战兢兢地保护。在我的关照下儿子很少摔倒,也很少进步。

这时我瞥见边上一个五、六岁的男孩也在学溜冰。他的母亲把他领进场,交代几句话后就一味地看别人溜冰,那个男孩几乎不在她的视野内。男孩也常常摔倒,但他很快就爬起来继续溜。这时,母亲除了给他一个鼓励的眼光外,连一句疼爱、鼓励的话都没有。男孩溜到我身边时一个趔趄,我本能地像保护儿子一样地向他伸出双手。不料他迅速地稳住身体重心,同时敏捷地躲开我的双手,还向我发出一丝胜利的微笑。

这一瞬间我想到:我对儿子的保护是否过分了?

我离开了儿子,并尝试着与男孩的母亲聊天。透过眼睛的余光,我看到儿子溜得越来越顺畅。这个场次结束时,他和那个男孩一样,已溜得像模像样了。

拍 摄 大 海

那时还没有数码相机,我去看海,照相机里只有二十张胶片,一路上得省着用。牧鹅少年和一群活泼欢快的白鹅,不拍;一片静寂的橘园,枝头上墨绿的橘子泛着油光,不拍;两只出没在迎风摇摆的江苇丛中的山羊,不拍……我要将不多的胶卷拍摄最值得拍摄的景致——大海:金黄色的海滩、蔚蓝色的海水、浪花、礁石、海鸥……

但当我步行十里,吃力地爬上海堤时天气已经大变,原来的明媚阳光被低沉的乌云所替代。而灰蒙蒙的大海边既没有沙滩也没有礁石,浑浊的海水上面连一只海鸥的踪影都不见。我举起相机,又放下。有点失望,能入镜的实在不多。勉强按下几次快门,权作留念。想到归途还能拍到刚才放弃了的几个场景时,疲惫不堪的身子又有了点精神。但让我再走十里路已成畏途,所以当一辆拖拉机开过,驾驶员答应让我搭乘时,我毫不犹豫地上了车。

不料拖拉机走的不是我刚才走的小路,江苇和橘园肯定无缘再见了。寄希望于还能经过牧鹅少年牧鹅的地方,但到那里一看,早已"人去楼空"!

从此我记住了:"未来",永远是个变数。最要紧的就是抓住当前。

另一种收获

小丁老远就高高举起一本书向我打出V形手势,我明白,他赶上著名作家W的签名售书了。小丁是前天从千里之外的家乡赶来,在书城排了4小时的队才买到W签售的新书的。

我问:"让名人签名的感觉怎样?"

"W签名时我一激动把早就想好的问题抛到了九霄云外。但我发现一个秘密,大名鼎鼎的W竟比我更口讷。他跟我说的三句话中有两句属搭配不当,另有一句用词不当。"

"这不奇怪,事实上和一般人想象的不同,口才不好的作家还真有不少,也许是口头表达能力的弱势反而成全了他们高超的文字表达能力。"

"所以,要说今天的收获,我除了得到我偶像的签名外更大的收获是看到名人也有缺陷。我想名人所以成名,不过是把自己擅长的方面做到了极致。从此我不需要羡慕名人,我也要做到超越自己。"

我说:"太好了,这样你不惜被扣奖金旷工赶签名售书也就值了!"

为虚荣心买单

不知从什么时候起顾客被尊称为"老板"。他第一次在旅游地被一家装潢华丽的店主招呼"老板,吃点什么"时,吃了一惊。环顾四周,没有其他人,是在招呼我呢!

"老板",那就是有钱、有派头的代名词。尽管他压根儿就没想过要进这家高档饭店,但这回还是不由自主地走了进去。店主殷勤地递上菜单,看那上面的价目几乎令人厥倒。但"老板"是不能因高价退缩的——那样就太没有派头了。在他忐忑不安地点菜的时候,忽然想到:现在我开始为我的虚荣心买单了!

观众

　　露天观看表演的观众们开始时围成一个大圈,席地而坐。节目精彩时有几个站起身,为的是看得舒服些。"便宜事"具有天然的感染作用,旁边的人纷纷效仿,因此挡住了后面观众的视线。后面的人要坐也没法坐了,只能站起来。

　　最后全场站立。

　　结果,观看的效果与开始时一样,不同的是大家都是吃力地站着看表演。

列车上的座位

三个年轻人甲乙丙上了一列火车。由于是中途上车,无法保证有座位。甲看到了一个座位,赶紧坐了下来。乙和丙对甲说,这节车厢上下客太多,你占的座位又挨着进出口,坐着不舒服,不如再走几节车厢,也许能找个三人在一起的座位。

甲说好不容易凑巧让我占到一个座位也算我的运气,放弃了,能找到比这好的座位当然更好,但你们能保证一定找到?要是连最糟的座位都找不到,这漫漫长途怎么受得了?

乙、丙想,这也有道理,好在他们也没有选择的余地,只得舍下甲,一个车厢、一个车厢地耐心寻找。最后,终于在第五个车厢里找到了两排空位。于是他们可以面对面地聊天,一起享用美食,然后各自躺在长椅上美美睡了个觉。

甲当然没有失去座位,因而比没有找到座位的人幸运,但那是在局促与窘迫中枯坐的一个夜晚。

买 甲 鱼

集市上一个老农守着一筐甲鱼,显得心灰意懒,除了不时有人问价外,一桩生意也没做成。

"什么?三十元一斤?这么贵!不像是便宜货。"一个胖大嫂想。

"价钱不算很贵,但也不便宜。"一个中年人拨弄了一阵甲鱼得出结论。

"价钱还可以,只是个儿小了点,由此看来也不便宜。"一个老头想。

"三十元一斤,比昨天的市价便宜了点,可为什么便宜呢?怕货有问题。"动这脑筋的是个中年妇女。

四个人都觉得不该买,可不知为什么都围着甲鱼摊不走。

这时跑来一个青年人,问了价,二话没说就称去了两只甲鱼。胖大嫂的眼睛忽然亮了起来:"三十元一斤,个儿也不算太小,怕不会吃亏!"她赶在青年人之后也买了两只,甚至忘了还价。

"今天卖甲鱼的就这个摊位,好歹也得买,顾不得价钱了。"中年人一面自我安慰,一面也称了一只。

"个儿虽小了点,但好歹还能挑出个大的,晚下手不如早下手。"老头挑了一只大的甲鱼心满意足地走了。

"大家都买说明质量绝对有保证,好,我买了!"中年妇终于下定了决心。

母亲织的毛衣

母亲为三岁的孙儿精心编织了一件毛衣，给远在太原的儿子寄去，附信要求告知毛衣是否合身。

如何回信呢？说太大，会伤了母亲的心；说正好，下回她会把更大的毛衣寄来。最后儿子的回信是这样写的："妈妈寄来的毛衣已妥收，款式新颖而美观，颜色也惹人喜爱，待孩子读五六年级的时候穿上它，一定神气得像个将军。"

"20%"的效应

这年头开小饭馆的多起来,开开关关的成为寻常事。在这条街上甲饭馆刚歇业,原地又开出了另一家乙饭馆。甲所以关门并非菜肴没有特色或味道欠佳,而是因为没让顾客吃饱。这说法使人有点匪夷所思,让人吃饱饭本来是饭馆的第一要务呀!但甲店的老板恰恰在这小事(又是大事)上犯错,直到歇业还不知问题出在哪里。

乙店老板是听了这一带的老顾客的反映,才决定在甲店原址开一家同样的饭馆的。他聘请了原甲店的主厨,保留了甲店全部的特色菜,不同的只是在原来的价格上加价20%。这20%是十足的原料价,也就是说价格稍作提高,但菜的数量就大为提高。如果说以前在甲店花三百元连肚子都没填饱的话,在乙店只要多花六十元就能吃得酒足饭饱、尽兴而归。消息传出,开张后不久的乙店就已顾客盈门,接着甲店的老顾客也接踵而至。这20%,保证了乙店充足的客源和高额的利润,以致三年来乙店早已成为这条街上的名店。

衣着互换

据说位于美国东部的硅谷以衣着随便而闻名,美国西部人的衣着则被公认为严肃。有一次,西部一家公司的两个代表出差去硅谷,想到可以在那自由自在的地方免除穿正规衣着的麻烦,两人脱去西装,穿上T恤衫、沙滩裤、旅游鞋,轻轻松松地上了飞机。下得飞机,但见前来接客的三个硅谷人清一色西装、领带、革履,穿着正规而严肃。双方互视片刻,不禁哑然。

堵在销赃处

早起的居民发现,这条大街的人行道上又有三个窨井盖被盗。作案肯定是在深更半夜、行人稀少时,而作案已远不止十次了。经济上的损失事小,造成行人的安全隐患事大。当地居委对此伤透了脑筋,调查作案动机、排查各种疑点、鼓励提供线索、站岗、值班、组织联防队员"伏击"……能想到的手段都想到了,就差没装电子探头——不是没想到,实在是装不胜装。但窃贼见风声紧就销声匿迹,过一阵子又故伎重演。他们来无踪去无影,和居委会玩起了猫抓老鼠,让人徒呼无奈!

大人没办法解决的难题却让小孩破解了。居委会主任正在读初中的儿子对为此事愁眉苦脸的母亲说:"妈,这有什么难办的?你们只要让联防队员把'伏击'地点改在废品收购站就行了。""为什么呢?""窃贼偷了窨井盖后就会到废品收购站销赃,不正好可以把他们逮个正着吗?然后警告废品收购站的老板并罚他的款,让他感觉收购这类赃物的'成本'太高,犯不上冒此风险。"

事情就像居委会主任的儿子预想的一劳永逸地得以解决,还连带着堵住了其他盗窃案的发生。

工作休息两不误

那一阵子我们四个人分工合译一部书稿。由于出版社催得紧,为了赶时间,我们真正到了分秒必争的地步。小B睡我隔壁宿舍,但工作效率明显在我之上。为了不输给同行,当然首先是赶进度,我压缩吃饭时间不算,把睡眠时间也减到不能再减,然后喝咖啡、抹清凉油、洗冷水澡……就差没有锥刺股、头悬梁了。很怕自己一不留神躺下后昏睡不醒,误了大事。但翻译进度却被小B越拉越远。

和小B同住一个宿舍的小C提醒我:"你知道小B是怎么工作的吗?他决不会像你这样即使倦得上下眼皮打架也强打精神不愿搁笔。他一疲倦马上就睡,一醒来马上就工作,始终保持旺盛的精力,这叫工作、休息两不误。学学小B吧,哪像你,既工作不好,又休息不好,去照照镜子,瞧你的脸色!"

我忽然感觉有点郁闷。

箱 子 失 窃

　　宿舍里,就数小李的行李箱安全系数最高。自从买回了这只牛津箱后,他每次取东西都要吃力地把箱子从床底下拖出,然后把两面的拉链一拉到底,取了东西或放进东西后再把拉链严严地拉上,再吃力地把箱子推回原处。后来他似乎觉得这样仍缺乏安全感,于是把箱子上的号码锁也用上了。其实全宿舍连他一共才四人,我们其他三人的箱子一般连拉链都懒得拉的。又过了几天,他似乎还不放心,又在箱子上增设了一把挂锁。尽管很麻烦,还有以我们三人为假想敌之嫌,但他照样我行我素。而且你也会想到,不断地听那种拉出拉进、开出开进的声音感觉绝对好不了,但我们还是选择忍耐,宿舍里一直相安无事。

　　不料,本宿舍失窃的事还是发生了,是外贼作案。我们三只箱子都在,就小李的箱子不见了——小偷懒得开锁,把箱子整个儿拿走。至于为什么偏偏选中小李的,想必就因为那是一只加了锁的箱子。

"猴子"变"人"

上世纪六十年代，我就读的小学操场总是成为电影放映队周末放映露天电影的场所。我们班级有个外号叫"猴子"的同学是个出了名的顽皮学生，经常在电影开映前翻墙头逃票。一个人逃票也就算了，他却还影响了一批小学生都去翻墙头。他因多次被放映队逮住教育，使他成了放映队在当地不多的熟人中的一个。

有一次电影开映前，检票员因急病送医院，上救护车时只好临时"拉伕"让"猴子"替代他检票，匆忙中扔下一句很无奈的话："我没办法了，你看着办吧。"检票员想不到的是，"猴子"接过"重任"的那一刻马上像换了个人似的，整个检票过程既认真又负责，还把几个想赖票的"哥们"当众揪了出来。更想不到的是，他是最后一个进场的，进去时为自己买了一张票。

可见，一旦被赋予责任，"猴子"也可变为"人"。

摘下墨镜试试看

一位拍过两三部电影的演员,经不住朋友的再三催促,外出逛商场。出门前他梳理了一个新发型,戴上一副大墨镜,还围了一条围巾,遮住下半个脸。

朋友说:"怎么啦,是演白色恐怖下的地下党接头?那么神秘兮兮的!"

演员说:"我怕我的观众认出我来围观、签名,或被小报记者追赶、拍照。若再引起交通堵塞,交警出来维持秩序,如何得了?"

"真这么严重吗?你取下围巾,摘下墨镜试试看。"演员真的这么干了。结果直到他们逛遍这个城市的所有繁华街市,没有一个认出演员,更没有围观、交通堵塞等现象发生。

做了好事还不记你好

那是个物资匮乏的时代。在内蒙插队的表哥每次写信给远在上海的小舅,信尾总要添上一句诸如要求代买奶粉、食糖、糖果等要求。说是代买,实际上从来都是我叔垫上的钱。时间久了,表哥视之为规矩。信中的语气少了点矜持,措辞也再无敬语。我叔能感觉到这种变化,但很快解释成:自家人本来就没必要那么多客套。对于他长期免费为外甥服务,他解释成:我比外甥经济条件好,我花钱在他身上是应该的。

事情的转机发生在表哥来信提出要买一把小提琴——给他儿子的。我叔把这事耽搁了一个月。原因与价高无关,与他不懂乐器也无关,只因他出差了半个月,回来后又忙于汇报。当他寄出的小提琴还在路上时,他收到了外甥问责何以迟迟未见邮包的来信。我叔没有回信。这在他是表示他不满的最高的表现形式了。

后来表哥举家迁回上海,他与他小舅的关系一直不冷不热。倒是对我父亲敬重有加,从无纠葛。据我所知,我父亲在他赴内蒙期间和他从无书信往来,也从未寄去过什么东西。

不同人眼中的同一伟人

传记作家为写一位伟人的传记访问了曾与伟人一起生活过的人。

伟人的朋友说:"他是个深深地爱着他的人民的人。有一次我见他听到一首深沉的民歌时,他的眼眶里充满了泪水。和他在一起,你会时时感受到他的睿智;和他交谈,你会享受真正的幽默。"

伟人的前妻说:"他从来没有一天不到半夜就上床的,而且压根儿就不知道我的生日。他是个缺乏柔情的人。"

当年的女佣说:"你问的是他?就是那个两星期不换衬衫的邋遢鬼?哈哈哈哈哈……"

当问到一位邻居时,得到的回答是:"他是个令人讨厌的人。一个很有点自以为是的书呆子,走路常作沉思状,从不和我打招呼,因此我也不招呼他。"

钱 的 许 诺

两个年轻人经过一块废墟时听到了求救声。那是个二十世纪六七十年代建造的防空洞。印象中防空洞的铁门开的时候多,关的时候少。但求救者为什么进了防空洞,又是怎样被粗心大意的管理人锁在里头的?都不重要,重要的是不知里面的人已被关了多久,还能坚持多久。总之必须马上打开铁门,救人!

是去找防空洞的管理人开锁,还是直接把锁砸开?两个心急火燎的年轻人为此争论起来。求救者隔着铁门听到了争吵声,但听不清为什么争吵,便强打精神大声说:"别吵了,你们把我救出来,我给你们十万!"两个年轻人根本就没想过要钱,于是其中一个打趣地问:"是一个人十万还是两个人十万?""一人十万!"另一个年轻人说:"二十万就能换你一条命?你也太不值钱了!""那就一人二十万!""你说话算数?你真有那么多钱?""不瞒你们,我是做老板的,我说话算数。"现在两人心中有底了。他们耳语一番后对求救者说:"再给你考虑半天,能不能一人三十万。拜拜!"

傍晚两人再次来到防空洞口,大声叫唤,没有应答。两人急了,连忙找来管理人,打开铁门,发现人已死亡多时。法医判断:死于心肌梗塞。

常听人说钱多了害死人,此也可谓一例。

古 镇 人 家

  他从小在这个很典型的江南古镇出生、长大。小时家里没人为他做鞋,一年四季穿一双木拖鞋走在青石铺就的街道上,留下一路的声响。站在石拱桥上可以望见临河人家的房子,前一半在岸上,后一半呈吊脚楼式地撑在水面上。他的家就在这种"吊脚楼"上。生活用水是直接从河里打上来的浑浊的河水,须用明矾让其沉淀后才能使用。寒冬,朔风从木结构的古式老屋的破旧的窗户吹进,屋里屋外一样的冷。雪花会顺着没有天花板的房顶飘落在那张断了一条腿的老式木床上。老家给他的全部记忆就是两个字——贫苦。

  后来他走出古镇求学,然后在大城市里成家立业。中年后旅游兴旺,有一次随单位去某古镇旅游。缓步走在青石铺就的街道上,两边都是木结构的古式老屋,木制的窗子都面河开着,上面雕着精美、细腻的人物和花草。斑驳的墙面,诉说着幽深的久远。站在石拱桥上,收入眼帘的是迤逦的"吊脚楼"里人家,他情不自禁地吟出"水巷人家尽枕河"的诗句。大城市久违了的闲适、沉静、古朴、厚重,使他在归途中显出莫名的兴奋。

  回到家,与妻畅谈旅游观感。妻听后淡淡地说:"瞧你兴奋的,听下来不就和你的老家一样的小镇?"

择 偶 标 准

不知哪一天起,周围年岁大一点的同事都开始关心起小王的婚姻大事来。小王可不是初涉情场,所以当隔壁办公室的张大姐问起对配偶的要求时,他毫无羞涩地开列如下条件:本地城市人,小我四五岁,白领,本科学历,身高1.65米以上,皮肤白皙,李冰冰的脸型,章子怡的身材……张大姐一听差点晕倒!周科长安慰张大姐说:"别紧张,小青年随便说说的,不能当真。""我凭什么要紧张?我值得为这种人操心吗?咱们看着他熬成王老五吧!"

张大姐真的当真了,周科长就不得不说下去:"你也相信他的择偶标准了?在没有一个具体目标时,没人阻止他朝最理想的方面想。但真的一个他喜欢的人站在面前,这个人就是他的择偶标准。"不久,传说小王有女朋友了,再后来小王把女友带来在同事面前正式亮相。张大姐见了,差点厥倒:身高1.50米左右,肥胖,皮肤也绝对称不上是"白皙";还听说年龄比小王还大了半岁;老家在外地农村。但两人显然恩爱无比,即使在同事面前也不忘牵手。

爱了——真爱,什么条件都能迁就,什么"标准"都能放弃。

不做"严肃"作家

在一次网络作者与他们的粉丝的见面会结束时,晚报记者"逮"住了作者中的几位进行采访,题目为"你们何以能成为畅销书作家?"那是些怎么看都是没有长"熟"的女孩。其中有个小声问:"能否不称作家?"

"那叫什么?"

"叫写手也比叫作家强呀。"

"你们的小说网上受热捧,印成的书都是十万、几十万,不称作家讲不过去。"

"写作是被'闲'逼出来的,就说我吧,单位一天的事半天就做完了,剩下的时间怎么办?只能靠写作去'谋杀'。"

另一个说:"我是在读了一些网上的文章后才有了写写玩的想法。"

还有一个说:"我看不到自己想看的东西难受,于是萌发了不如自己写的念头。"

"写作让我们享受放松。"她们异口同声地说。

记者关闭了录音机,说:"明白了,你们不把写作看作太正规的事才保持了良好的创作状态,你们不想做个'严肃'的作者才会和网上的粉丝保持朋友般的亲切交流。你们成功的奥秘就在这里!"

"准"与"不准"

春节前镇党委召开镇扩大会议,宣布反腐倡廉公约,要求干部不准借节日之机搞不正之风:不准请客送礼;不准大吃大喝;不准借搞团拜之名行受贿行贿之实;不准……洋洋洒洒总共十八条。

有个老农看着后来张贴在村头的"十八条",说了那么一句话:"谁记得住这么多的'不准'?可以不讲那么多'不准'只讲'准'吗?"村主任问"准"什么?"准许为人民服务呀!每个干部都有了一颗全心全意为人民服务的心,还提那么多'不准'干吗?"

致命疮患者

有一颈部患致命疮者延医诊治。医者告之：此疮无关紧要，倒是你脚上患有一小疔，性命交关，万不可轻视。病者诺诺，转而一心专治小疔，久之疮患竟愈。

脱发问题

一个年轻人每天清晨梳头总要掉下四五十根头发。当他注意到这种情况时变得忧心忡忡。每天五十根,全年就是二万多根;听说人的头发总共才十万根,不消五年,我不成了秃子?

他去求医。医生说:"青春期既在脱发又在长发,你怎么就看到脱发而看不到长发呢?"年轻人大悟,从此不为脱发烦恼。烦恼少,掉发也少,一年过后青丝依旧。五年过去,他的头发甚至比过去更为浓密。

公司里的美女

公司新进了一个美女大学生。不久就成为公司未婚男孩的众矢之的。女大学生的美颜造就了与生俱来的任性与娇气。那孤傲的目光打掉了一批过于自尊的男孩最后的勇气。

其实女大学生心底和普通女孩没多大差别,她善良、随和。她也和普通女孩一样认为女人永远是被动词,期待着绅士们向她主动伸手。而竞标美女从来没有准入制度,这就给追求者中的"癞蛤蟆"创造了条件。他们步步紧逼,经得起情场上的屡败屡战和头破血流。他们有得是哄骗乃至下跪的本事。这些让明眼人一看就明白的拙劣伎俩,绅士们不是不能,乃是不为也。

偏偏美女大学生看不明白。到头来她毅然舍却常存心底的"绅士",稀里糊涂地嫁了个"癞蛤蟆",故使"好汉无好妻,癞汉娶仙女"的至理名言永无绝迹之时。

遗忘的马桶

  我家和隔壁王阿婆家一起被动迁。因为搬家匆忙,王阿婆家的一只马桶连同一些遗弃物被留在了旧房子里。这件事使王阿婆一直耿耿于怀,每遇到我就愤愤不平地说:"都是我家这小子,什么东西不能留偏偏留下这臭马桶!"我说:"王阿婆,我们要搬入的新工房都有卫生间,您那马桶是该扔了。"王阿婆说:"我不是这个意思,我是说这一大片动迁区就留下我们家这只臭马桶,这不是遗臭万年吗?"想到在一大片废墟中有一只孑然独立的马桶时确实有点可笑。但这仅仅是想象而已,实际上在成片的动迁房中一只小小的马桶是完全可以忽略不计的。老人家是过分放大了眼皮底下的事,离开时我安慰了她。

  数年后旧地重游,看到成片的高楼拔地而起,联想起被王阿婆念念不忘的马桶,以及她口口声声的"遗臭万年",不禁哑然失笑!

"跳槽"的感觉

糟,又是堵车!

我乘的公交车排在长长的一列车队中间,开开停停、鸭步鹅行,叫人窝了一肚子火。车上的人们开始埋怨本车的司机脑子不转弯,老是死钉在别人后面"籴"。司机尽管闷声不响,心里也在恼火,说:你们觉得别人脑子活就乘别的车去!一怒之下还真有五六个人和我一起下车跳上了另一辆公交车。这辆车的司机显然是个急性子,骂骂咧咧紧"咬"着后面的车,不让别的车插进来。这让我们感到痛快,在心理上感觉"跳槽"是跳对了。

就这样我们随挤挤挨挨的车队又行驶了15分钟,发现这部车的实际行驶效果并不比其他车高多少,特别是看到在我们前20米处,先前乘过的那辆车正巧妙地驶过最后一个障碍,然后潇洒地开足马力向前疾驶时,那种懊恼就别提了!

玩腻了繁华的人们

如今玩腻了都市繁华的人们又追求起了古朴与乡村情调。你看那些饭店门口探出土瓦片铺就的翘角屋顶、纹理毕露的木栅栏,门边挂一串红辣椒和玉米棒,每逢周末或节假日生意竟出奇的红火。

就像一切时髦的东西总是被追捧一样,立马就有一些店家紧随其后照猫画虎。既然"土"能赚大钱,我就把店面打扮得更土。搞到极致就有一家真正到了土得掉渣的地步:墙面真的由碎砖烂瓦砌成,门框用连树皮也没剥尽的木料打造,支在泥地上的破桌椅也是真的,压根儿把一间贫困地区的农居搬进了大都市,令一批追求"情调"的顾客傻了眼:"怎么,真让咱爷们过贫困生活啦?"

任何事情搞过了头就走向反面,该饭店从开张那天起就几乎天天"白板",没撑满两个月即关门大吉。

夺房战

老母垂垂老矣。

窥伺老母那间十二平米住房的小儿子开始实施"夺房计划":先后将儿子、老婆与自己的户口迁入,然后借口方便儿子就读让其与奶奶一起住,再后来自己和老婆也住进来。小小的房间一下多住了三人,老母只能反主为客,把她的床安在了卫生间。

大儿子无法忍受小儿子虐待老母与独享其房,愤然与之对簿公堂,官司延续了三年,兄弟之间的明争暗斗也进行了三年。这累人的三年牵制了两个家庭的发展,也使他们无暇顾及正在如火如荼发展中的房产市场。那十二平米小房的归属未定,但房产市场上的房价已翻了一倍。邻居们都说:"小儿子如把夺房的智慧和精力花在投资房产上,这三年里更多、更大的房子也到手了。"

打坐

这天深夜他练打坐。窗外万籁俱寂,他全身放松,逐渐进入高度入静状态。接着身心进入从未有过的清澄、空灵、周身舒泰的境界。仿佛只是几分钟的感觉,但事实上他已一动不动地过了四个小时。

自从有了这种极其美妙的感受后,每次打坐他都期望重现这种感受。但越这么想,获得这种感受的机会反而越少,偶尔出现也往往瞬间即逝。渐渐地,他每次打坐即陷入深深的焦虑:希望得到那种感受,又害怕得不到的心理使他的身体和精神处于高度的紧张中。几次三番后非但再也感受不到那种飘飘欲仙的感觉,连起码的入静也很难做到了。

"别再换了"

他走进熙熙攘攘的火车站售票大厅里,这里有六七个窗口同时出售长江以北方向的火车票。各窗口前都已排起长队,他先排1号窗口,嫌太慢,改排3号窗口,也太慢,又改换门庭排进了5号窗口的队伍,仍不理想!

正要抬腿转2号窗口时,排在他前面的一位老人开口了:"小伙子,别再换了,再换你比任何人都最后买到票,不信你看吧。"他有点不好意思,老人的话没错,他静下心来时才发现,购票排队也和公路行驶的车辆,时快时慢,视购票的多少,购票者的反应快慢、售票者的工作风格、方式、态度的不同而快慢不同,你根本无法准确判断其真正的速度,最好的办法是听之任之、"从一而终"。就像是为这个道理佐证:最后他还是和那个一开始排在他前面的长发女孩几乎同时买到的票。

灭 鼠 药

一个科研组有十几年时间在研究高效灭鼠药,一直无多大进展。这本来就是件很恼人的事,偏偏又传来消息:当地的一个农民土法上马搞出了一种高效灭鼠药。让人无法忍受,这是对科学的挑战!

讲到"科学"这份上,农民自觉矮了一截。好在农民发明这药本来仅为了解决自己和邻村十几家农户的灭鼠问题,根本和申请专利、推广技术沾不上边。但还是被专家们告上法庭,理由是药物中检出有毒物,污染环境;专家们同时提供了成套的化验报告。这是完全不同等级的人物的较量,一开始就毫无悬念地判定"科学"胜诉,农民的灭鼠药研制被责令下马。问题是老鼠照样猖獗。于是有人问专家,既然农民不行,你们何不拿出一种高效低毒的灭鼠药来!专家哑然。

不过,制药专家和农民对簿公堂、科学战胜愚昧的新闻经传媒炒作早已远播各地,专家们遂均成知名灭鼠药权威,该科研组也成研制灭鼠药的权威科研机构!——这才是最重要的。

青春痘

我为男孩介绍了一位姑娘。听男孩的母亲说,从那以后,男孩整天忧心忡忡,不断地照镜子,不断地唉声叹气。我问为什么,他母亲说,不就是因为他脸上的那几颗青春痘?早知如此,真不该让你介绍那姑娘。

"姑娘怎么啦?她要真喜欢才不会在乎他那几颗青春痘呢!她要真不喜欢,脸上再光洁也没用。没听说过'情人眼里出西施'吗?"我说。

果然,我去问姑娘,姑娘说:"我和他的感觉正好相反,我觉得脸上白嫩、光滑的男孩反而不好看,长有青春痘才更显青春活力和男子气。"

橘子

一位从日本回来的朋友告诉我,他在国内吃惯了带有酸味的橘子,所以特别喜欢吃日本的橘子,日本的橘子很甜。

后来我接待来访的一位日本客人,发现水果中她特别喜欢挑橘子吃。我说:"你喜欢吃橘子?听说日本的橘子很甜。"

"是呀,日本的橘子太甜了,所以我喜欢吃中国的橘子,只有在中国才能吃到带酸味的橘子。"

篮坛黑马

　　谁都不会想到某市一支由"杂牌军"组成的篮球队，在去年全省的篮球联赛中一路过关斩将，荣登冠军宝座。这让所有关心球赛的本市市民喜出望外，也引起市领导班子的高度重视。

　　凡是领导重视的地方情况都会发生变化。当地媒体立即对这匹"篮坛黑马"作出反应。先以大量篇幅报道其在艰难困苦中生存发展的感人事迹。后又转入对球队进行深度报道，以致到了"球员放个屁也会有人记录"的地步。随后一家大企业慷慨解囊，为球队提供巨额赞助。当年经费拮据、连买球衣的钱也难凑齐的球队立马"鸟枪换炮"。球员们衣食无忧，出门有车，月薪上万。以前的丑小鸭，现在像天鹅一样地被呵护。而球评家则预测球队正"如日中天，前途无量"，在市民们被烧得火热的期望中再添一把火。其实，这支球队原本不过是一群喜欢打球的青年以"玩"的心态组成的球队，单纯而富有朝气。现在他们却在承受社会的宠爱的同时也承担起巨大的压力，一下子没了方向。不久在今年联赛前的热身赛中竟败给了一支中学生冠军队。

　　这样的战绩是无法容忍的！上级断然撤换了教练。临阵换将是赛场大忌，但他们硬是这样做了！当然新教练还带来了新的战术与管理理念，这对球队说来更是雪上加霜。球员们变傻了似的越来越不会打球了，最终在一月以后的联赛中被打得一败涂地，跌出了前10名。

买回成就感

商家在做某部分顾客的生意时一般是这样的：先把实际价格提高一倍，然后说打七折。顾客与之唇枪舌剑砍价的结果是再"砍"去二折。商家赚足了利润不说，顾客则在带回自己需要或不一定需要的商品的同时，还带回了十二分成就感。

沉得下的东西

一位出国数年的朋友回来看我,坚决拒绝我的宴请,说很想念以前在我的单位食堂里的饭菜。他说这些年国内国外各种各样的宴席吃得多了,最后觉得还是家常菜最好吃。

一位老人告诉我,因为家里有宠坏了的小孙子,他得以品尝市面上流行的几乎所有五花八门的中外新潮食品。吃到最后,还是觉得花生糖、芝麻糖、橘红糕等传统的食品最好吃。

一位前几年天天早出晚归、休息天也不见人影的大腕告诉我,这些年情人不少,一个圈子转过来,想想还是自己的糟糠之妻最好,现在他一天中的大部分空余时间都待在家里。

浮面的东西迟早会消逝,留下的都是经过时间考验的、沉得下的东西。

大学里学到的

一位记者在采访某著名企业家时提出这样一个问题:"作为一所名牌大学的毕业生,您一定在大学里学到了后来成为优秀企业家必需的知识。能不能告诉我们,哪些知识对你说来是特别有用的?"

企业家:"大学里那些为了急于通过考试花大力气死记硬背的知识都忘记了,倒是获取这些知识过程中顺便学到的思维方法、学习方法留了下来。此外大学优秀的校风、处理同学之间的人际关系、学生宿舍里海阔天空的'卧谈会'等,都给我的成长打下烙印。总之,真正花大力气学的东西,后来都没有派上用场;当时并不在意、没花过功夫的东西后来都派上了用场。"

多少收入才满意

三年前的年三十夜,老父亲在餐桌上问起三个儿子的收入。老大在一家企业工作,他说每月才二千多元,这日子没法过。老二是个教师,正常工资加上业余兼课的收入也不过三千,照他的说法是"吃不饱,饿不死"。老三干的是个体户,一年下来净挣5万元。他说这是辛苦钱,勉强维持日常开销。老父说,比起我微薄的养老金,你们的收入都不算低,可你们谁都不满意,究竟拿多少钱才能让你们满足呢?

老大说:有四千元日子就好过多了。老二说:拿六千元,眼下的一切就会好些。老三说:全年给我十万,那才叫真正的潇洒。有趣的是,他们理想中的收入正好都是现在的一倍。

三年后三兄弟又去父母家吃年夜饭。席间,老父亲得悉三个儿子正好都实现了三年前理想中的收入水平。没待老父亲说出祝贺的话,三兄弟已异口同声地诉说自己收入的低下。说到动情处,情绪激动,怒气冲冲。老父甚为不解:怪了!收入高出三年前的一倍,你们非但不高兴,反而怨气更盛;按此道理,当你们以后的收入又高出现在的一倍后,将使你们更满足呢,还是更不满足?

三兄弟无语。

谁睡不好觉

老公借了人家十万元钱早过了约定的归还期,仍安之若素,照样好吃好睡。老婆沉不住气了:"你欠了人家那么多钱,还睡得着觉?"老公说:"怎么睡不着?钱在我手里,该是他睡不着觉呀。""那你就不能向人家表示一下歉意?""不能表示,一表示歉意就表示你软弱,你一软弱他就逼债,那就真的轮到我睡不好觉了!"

心脏病没有再犯

楼下302室的张阿姨据说患有严重的心脏病,稍干些体力活,就气喘吁吁。四十出头就不再上班,整天呆在家里,一副病病歪歪的样子。没事干就和人谈论自己的病。病这个东西你越谈就越像那么回事。好在她先生挣的是大钱,足够养活她的了。

后来她先生被查出患有胃癌。平时里里外外都由她先生一手操办的事,现在一桩不落全由她担当。这还不算,接着先生住院开刀。张阿姨又做陪护,又忙家务,忙得恨不得再生出两只手来。两个月后先生康复出院。奇怪的是张阿姨非但没有累垮,反而一扫往日的病容,变得红光满面、神采奕奕。问其身体状况,答:两个月来时时留意老公的病,没时间也没心思谈自己的病,心脏病竟至今没有再犯。

机会不可复制

  那是一个秋日的下午,记不得是什么契机,把我们四个昔日的老同学聚在一起。那时其中一个同学刚置起一家工厂,生产车间边上有一块空地,他与员工一起把它开辟成了一个小花园。那天,我们就坐在花园的葡萄架下品茗、聊天。近处是个鹅卵石砌成的池塘,旁边是一棵茂盛的芭蕉树。我们享受着明媚的秋色,兴致很高,各自畅谈这些年的人生经历,当然也少不了回味同学旧事。正在谈兴甚浓时来了个电话,有一件急事要那位老同学处理。聚会只好草草收场。分手时大家都说尚未尽兴,下次再谈,还是在这里,还是在葡萄架下,把没来得及谈完的话题继续下去。说这些话时很轻松,就像我们相信只要花钱,马上就能从超市买回想要的东西一样。

  但从那时起,至今已有十年,尽管四个同学在同一城市,竟再无机会凑在一起。现在想来,即使凑在一起,怕也没了当年那个谈话的环境、气氛和情致。人生多变,即使一个并不难得的机会也不可复制。去了的,就不会再来;来了的,也已不再是去了的。

欲速则不达

我们常常能看到这样一种情景:高速公路正在堵车,车上的司机和乘客都快快地下车。他们卸下车座的垫子铺在草地上,抽烟、聊天或打牌、喝啤酒,消磨时间。而旁边是一条与高速公路并行的普通公路,那儿又是另一番景象:车来车往,畅行无阻。现在倒是普通公路更像高速公路。

人人都求快速,反而没法快速,这叫欲速则不达。

藏 书 包

记得小学四年级时和一个同班同学玩"找书包"的游戏:各自把书包藏在教室的某一处,让对方找,若在规定时间里找不到就要遭罚。放学后的教室空落落的,根本没有可以藏书包的地方。我毫不费劲就找到了同学藏的书包。轮到我藏书包时,我要了个花招,在他闭眼、背对我时,把我的书包偷偷塞进他的书包内(那时的书包远没有现在小学生的书包那么大)。

我那位可怜的同学不停地找、反复地找,找遍了教室的每一个角落,失望得快要哭出来了,就是想不到在自己的书包里找。他认定我是作弊,把书包藏在了教室以外的什么地方。当我坏坏地笑着揭开谜底时,他又气又恼地直追着我打⋯⋯

形同陌路

朋友结婚,他寄去了三千元礼金。为什么是三千元而不是一般朋友间送的三五百元?在他,是因为觉得自己没法去外地赴婚宴有点对不起朋友,多寄去点钱也算人情上的一种补偿;再说他如今收入不低,这三千元算不了什么。在朋友,感受就不同了:我们之间并不是特别"铁"的那种朋友关系,他为什么要送那么多钱?收下了,总觉得欠了朋友什么的,心理不平衡。

心理一不平衡,便心存芥蒂;心存芥蒂,相互间来往就不可造次行事;不可造次行事,再往来就有点拘谨;一拘谨,往来就更少。这下对方也感受到了这种拘谨,一年之中双方难得通信一两次,再过了几年,两人已形同陌路。一件出于好心的事产生如此后果,都让双方始料不及。

凭什么考上一流大学

我的一位朋友打电话告诉我,他外甥这次考上北京大学了。我吃惊不小,说:"告诉我,你姐是让他儿子吃了什么补品或是请了哪个高明的家教?"以前听朋友说他外甥读的是一所再普通不过的普通中学,凭什么他能考上全国的一流大学呢?

我朋友说:"实话告你,我姐和姐夫都是土生土长的农民,孩子高考前的日子里他们天天在地里忙,根本没时间照顾他;他们识不了几个字,不知什么叫家教;他们不富裕,即使想到请家教也请不起。想不到正是这些不利因素反而促成了孩子的成功。"

不吵的原因

在我们小区里有一对夫妇五十多岁了,还出双入对、形影不离。就像存心要羡慕死周围的"观众"似的,每天晚上还手牵手地在绿地里散步。但十多年前他们可不是这样的。那时他们一周小吵,十天大吵,也是出了名的。至于吵架的原因,多半是一些鸡毛蒜皮的事。开始邻居们还会去劝架,但次数多了,人们都懒得劝,何况他们吵得再厉害也不像是很伤感情的样子。

后来他们不吵了。不吵的原因是这对夫妇中的老头告诉我的。他说:"我们只是改变了一下观念,准确地说是我改变了观念。想想吧,一个人的性格、脾气是能够轻易改的吗?一个人的性格、脾气是能够通过吵架改的吗?年轻时都改不了的性格、脾气还指望老年时改吗?无法改变对方就只能学会适应对方。你自觉地适应对方了,对方也自然学着适应你。你看,一个老大难问题就这么简单地解决了。"

等着熄火

陈阿姨怒气冲冲地把妇联主任老季从办公室一把拽出来。老季好不容易挣脱了她的手时已经是在大楼的走廊里了。

"什么事办公室里不能讲,非要跑出来讲?"

"我老公的事!他让那狐狸精给勾去魂了!"

"噢,那个小秘书吗?没那么严重吧,男上司女部下难免会生出些流言来。"

"仅仅是流言吗?他们早就有故事了!"

"没那么严重!中年男人的出轨多半是一时心血来潮,就像稻草堆着火,燃得快,熄得也快,不需救,一救反而坏事。你以为浇的是水,到头来发现原来是油。放宽心,就当作什么事都没发生过一样,照看你的电视,照玩你的麻将,等着看他们熄火吧!"

果然不出半年,老季在路上遇到陈阿姨。陈阿姨老远地叫住他:"老季,让你说中了,我家老头刚把女秘书打发走。"

少了防范心

  时下城里的收藏爱好者都喜欢去穷乡僻壤掏宝。他们认为那里的农民见识少、不识货，一件稀世之宝在他们手里被当作普通器具以极低价出手据传是常有的事。所以当这些城里人都抱着捡漏的心态下去的时候，一开始就少了文物市场上不可缺少的防范心，多了追求价廉物美的贪婪心。他们在和农民交易时的精力和心思都花在大力"开发"与贬低农民手里的古董上了。让人高兴的是，这些笨嘴结舌、目光呆滞的农民，出手大方，成交爽快。当城里人把这些低价收购来的古董大车小车地运回城里后才发现上当。

  其实这些貌似木讷、愚昧的农民兄弟精怪着呢！他们从城里以低价批量购进仿古瓷器、铜器，然后把这些"商代葬品"、"宋代梅瓶"和"稀世古钱"泼以盐酸，再埋入土中，待上三年两载就可"出炉"了。"聪明"的城里人竟鲜有不上当者。

"台阶"的难处

一家商场装修后,两部分地坪之间留下了十厘米的"落差",经常会绊倒顾客。这种情况发生多了,商场方面贴出提示语:"注意安全!"后来绊倒的顾客少了,但仍有。又在"注意安全"后添加"小心脚下"四字。但仍有少数人绊倒。顾客提意见了:"一样是提醒,就不能提得明确些吗?"于是商场又在出事处加设警示牌:"当心摔倒!"但不幸的事还在发生,这回绊倒的是个老人,而且摔断了腿,事情也就搞大了。愤怒的顾客找到经理,责问:"与其反复警示,你们就不能想办法铲除这个'台阶'吗?"

后来商场花一天时间,将"台阶"改造成一个小角度的斜坡。从此一劳永逸,再无顾客绊倒之事发生。

低价失去作用

如今谁都知道一年一度的情人节也是一次重要的商机。你看,情人节一早,中心广场上就出现了一个由附近的大学生们摆起的小货摊,出售廉价的鲜花和巧克力。摊主们相信这些价廉物美的商品肯定能吸引广场上的情侣们。他们甚至作好了如何应对现场的过分拥挤以及临时缺货的应急措施。

没想到这天的生意可用波澜不惊、门可罗雀形容。摊主们眼睁睁地看着一对对情侣、一个个顾客目不旁视地从他们的货摊边走过,去很远的地方,花高出他们两三倍的价买回玫瑰花和巧克力,而对他们的低价货摊显示出不屑一顾的神态——低价恰恰在此时此地失去了作用。

失去"自由"后

记得有一年,我就读的一所中学为整顿校风,规定中午休息时间非特殊情况不准学生擅自外出。每到这时,学校大门除门卫把守外,还有学生干部轮流值班。

学生们觉得他们失去了上街购物或散步的"自由",而且一旦失去"自由",就显出"自由"的可贵,便变着法子争取出校。"好学生"找理由请班主任开证明;"坏学生"爬围墙、钻壁洞。"坏学生"还将他们的这些"历险记"回来叙述渲染一番,竟极大地激起了学生们的冒险兴趣,以致为了出校,不惜对守门者施展声东击西、调虎离山、"美人计"等伎俩。

后来新校长上任,取消了这一规定。开始几天,重新获得"自由"的学生在中午时候争先恐后地出校。一周后就很少有学生出校,再后来一切又回到原来的状态。人们由此发现,学校原本就不该有此规定——当然这已是另一个话题了。

购物券

一对夫妇在商场里买下了一件大衣。付钱时被告知商场正在搞促销，凡购满八百元钱的商品即可获赠五百元的购物券。他们觉得这样的好处不该放弃，便又贴了三百元现钞买下一套西装。然后，他们又被告知，他们还将有二百元的购物券。于是他们又贴钱买下了领带和手套。就在他们准备离去时发现他们仍有一百元购物券可领，弃之可惜，故又买下皮带和围巾。

当他们拎着大包小包，喜滋滋地回到家后仔细一算，感觉就不好了。他们前后一共花去二千元，除买下了计划内的大衣（明显高于市场价）以外，其余的全是多余的东西。至于这些东西是否值那些钱更是个未知数。

晚到的茶商

他是个茶叶经销商,当他赶到茶叶产地采购新茶时,发觉自己晚来了一步,好茶都让先期到达的茶商采购完了。有人劝他,既然来了,将就点,将剩余的差一点的茶叶收购去算了,何况卖家答应价格可以优惠。他不这么想,既然买茶叶已失去良机,他得在其他方面占据先机。他当机立断,赶紧将当地生产的竹编篓——一种价廉物美、近年来颇受欢迎的茶叶包装品全部买下。

当采购了茶叶后的茶商们想到要买下那种竹篓时,才发觉竹篓的价格比往年高了不少。一打听,都让那个晚到的茶商统"吃"了。但再贵还得买呀!结果茶商们还没卖茶赚钱,这位晚到的茶商却已抢先赚了其他茶商的钱。

自然产生的平衡

电视台这次做的是由几位著名 CEO 做客的电视节目。节目主持人与做客者幽默生动、神采飞扬的对话引起现场阵阵掌声。接下来节目主持人提出这样一个问题："你最看重自己员工所具备的素质是什么？"就像人们想象到的一样，多数 CEO 提到的不外乎"忠诚"、"守纪"、"刻苦"、"责任心"……只有一个提"率真"。主持人不解。这位 IT 业的老总解释说："我不希望我手下的员工压抑自己的个性，统一在一种规则下；而是在共同的企业文化下，张扬他们各自的个性，达到一种'社会生态平衡'。这样的企业才会充满了生机，创造性、积极性才能充分得以调动。"人们都愣一下，然后是经久不息的掌声……

我忽然想起了多年前听一位乡村教师在田头和众人说的一段话："你们注意到没有？很奇怪的，我家访过的每个自然村里像是事先安排好了似的，都是由各种不同的人搭配起来的，不会有任何缺项：话多的、话少的、幽默的、喜欢相互嘲讽的（包括乐于被人嘲讽和受不了被人嘲讽）、有表演欲的、喜欢发号施令的、河东狮吼的、吝啬的、慷慨的……应有尽有。想想也是的，不这样怎么会称作'自然'村呢？——自然产生平衡啊！"

新 的 视 角

每次在各地名山攀登最高峰时,事先总是对想象中的山顶的无限风光寄予很大的希望。对未登临的山巅充满了神往。也许正是这样的期许成为我登山的最大动力。

但每次热汗涔涔、吃辛吃苦地爬到峰顶后才发现,山巅往往除了光秃秃的山梁、岩石或许还有不多的树木外,实在没多少可看的东西。这时吸引我观赏的还是山下的那些风景:耕田、炊烟以及蚁行般的车辆和行人……令人兴奋的是,这时的我是在用一个新的视角观看那些熟悉的景象,因而充满了新奇感!

果园记事

  他家附近的那个果园曾是他童年的乐园,那里绿树成荫,其中又多半是果树。远近的孩子们都喜欢到那里去玩耍,他们打闹、爬树、摘果子,什么顽皮的事都干得出来,但果园的主人却毫不在乎——这是一位风烛残年的孤独老人,是因为无力顾及还是他那颗孤寂的心需要稚童的欢声笑语的滋润?均不得而知。果园给他留下了太美好的回忆,因此十几年后,当老人逝世,其后人要将果园出售时,他毫不犹豫地买下了它。

  作为过来人,它深谙孩子们在果园里会干出什么恶作剧,所以他在得到果园后的第一件事就是加固围墙、关闭大门,还养了一只看门狗,然后每天检查树上的果子是否少了,树枝是否被折断……搞得心情非常烦恼。孩子时可不是这样的,那时一进入果园心就变得格外的静。买这果园不就为找回这种感觉吗?

  他是个企业家,懂得投入和产出的关系。花了大钱买来不平静,这完全违背了他的生活逻辑。他想过把果园卖了,后又打消了这个主意,他不是缺钱。最后他卖了看门狗,拆了大门的锁,让果园恢复对孩子们(当然也包括成年人)开放。在那熟悉的孩童们的欢声笑语中他又找到了久违的平静。

铁笼内外

到南方某市出差,但见下榻的宾馆对面有幢六层楼房,几乎家家户户都装有防偷盗的铁窗铁门,整座大楼俨然一个大铁笼。间或传闻,某家失火,六岁稚童因被反锁在铁门内而被活活烧死云云。

恍惚之中,觉得这情理似乎正好颠了个倒:花费财力、物力安装铁门铁窗的结果是好人被关在铁笼里失却自由、消极防范;坏人却在铁笼外自由自在,为所欲为。

女演员的忠告

　　一个男演员和一个女演员演对手戏,女演员发觉男演员对拍戏很有悟性,具有导演的禀赋,便鼓励他去执导眼下一部很适合他执导的影片,借此为契机,走上从事导演工作的道路。男演员说:我也知道我适合做导演,但我首先得去国外专门的大学学习几年。女演员说:这你就错了,真正的导演不是靠读书读出来的,靠的是天赋、是感觉、是激情。你在现在的时候去国外你就失去了一个机会,也许你仍会有机会,但你会丧失激情和感觉。技巧和技法随时都能学到,但激情和感觉失去了也许再也找不回了。

　　男演员最终听从了女演员的劝告,接手导演了那部电影。电影相当成功,他后来成为电影界颇有名望的演员和导演。

"老实人"胜过"精明人"

那年我们单位里有三个人同时离职"下海"。三人中的两人都是出了名的精明人,能说会道、八面玲珑。其中的一人举止木讷、少言寡语,人们都说他是老实人。那年头,老实几乎就是无能的别名。送别会上所有的人都看好精明人,对老实人,人们当面不便说,背后都为他担忧:"这一副老实相,经商,能行吗?"

一年后两个"精明人"在商界处处碰壁,先后"逃"回原单位,重拾旧行当。又过两年,"老实人"大发,现在早已是大公司的老板,让我们单位的人刮目相看。询及成功诀窍,"老实人"对我说:"商场内陷阱密布,险象环生。首次见面,双方都不知对方底细时第一印象特别重要。老实相容易增加对方的信任度,而貌似精明能干的人无法给人以安全感。所以一般商家都乐意和我谈生意,加上我实际上并不笨,这样成功的机会也就多了。"成功的原因肯定是多方面的,但这也算是一个方面吧?

窗帘后面是什么

马路正在改造,连同被废弃的那段马路外,还有一个被废弃了的警亭。

警亭是圆柱体,四周都是玻璃窗,这回玻璃窗内被窗帘遮着,不知管理者是出于何种考虑——废弃的警亭还保留着什么要紧的东西吗?事实上,里面除了一张桌子和一堆来不及清除的废纸外,毫无"观赏"价值可言。而窗户干脆遮个严实也就算了,偏偏又是稍露一丝缝隙。目力所及,正好在看清与看不清之间。这就极大地刺激了人们的想象力与窥视欲,不时有人想方设法攀援在玻璃窗外,朝里观望。还有人因窥探时不慎扭伤了脚、摔断了骨的,生出不少意外的笑料。

后来管理者不知出于有意还是无意,把警亭内的窗帘全部拆除。人们可以透过四周的玻璃对里面的状况一览无余。于是直到警亭最后拆除再无人有窥视的雅兴,当然也再无摔倒致伤之虞。

居委干部

一老头因与其养子争房产而寻死觅活。那天,他把西瓜刀横在自己脖子上嚷着自杀。左邻右舍围着老头劝他想开些。还有人趁机想夺下西瓜刀。老头似去意已定,厉声道:"谁过来我就马上抹脖!"众愕然,不敢趋前一步。

这时一位居委干部走来,老头威胁说:"你再走近一步我就抹脖子了!"

居委干部:"我不是来劝说的,只是赶在您老人家死之前代您养子问一下,你们有争议的那间房的房产证是否仍在老地方。"

老头闻言,若有所思,手中的西瓜刀"咣当"一声落地……

虚 拟 女 友

她和他并不陌生,他们是在一次朋友的家宴上见面的。朋友似有意促成他俩的好事,刻意安排两人坐在一起。她是我们公认的才女,我看到她看他时两眼放光。他是个公认的成功人士,他始终避免与她的目光作正面遭遇,甚至懒得问起对方是哪里人。很明显:他对她完全没有兴趣。她没有沉鱼落雁之貌——他一直把女方的相貌作为首选。她还有点不死心,前后发过三封电邮给他,均石沉大海,杳无音信。

后来的一段时间,她告诉我她正在和他网上聊天呢,聊得欢了——也不知她是如何搞到他的QQ的——不用说她隐瞒了真实身份。再后来她告诉我,麻烦事来了,他死活要见我。"我该怎么办?"她一脸无奈,"他要知道是我,肯定会恨不得杀了我的!"我说,"你自己玩的火,自己去灭吧。"我不满她玩弄别人的感情。"那我只能选择'人间蒸发'了!"说这话时她像个犯错的孩子。我原谅了她。这样也好,让他永留一个未果的期待;还有,让他知道相貌之外他真正需要的是什么。

没衣穿

在你的衣柜里存放着大量的衣服,但真正要找到一件合适的并不容易。那里大部分是勉强可以穿、但真要穿出去又是不可能的那种衣服。

这种衣服太多,逐渐把衣柜的空间占得密不透风。有一天,你下决心要清除掉其中的一部分,但能够清除的往往是穿着合身、但穿着时间已久、穿着"频率"很高、因而显得已经不新了的那部分衣服。至于那些不合身、不时髦、买来时价钱很贵的总会被留下。因为贵,即使不合身、不时髦也舍不得扔下。因长期留着不扔,所以更不合身、更不时髦。由于自认为有一大衣柜的衣服,甚至多得装不下,就更加不敢轻易买衣服,所以结果是你守着大衣柜没衣穿。

成功的研讨会

老C的一部长篇小说出版了。按照此前的约定,由出版社牵头组织了一场该长篇小说的研讨会。会议如事先所料,开得既轰轰隆隆又颇具规模。除去老C要借此巩固在文学界的地位和扩大在读者中的影响力不说;领导要显示政绩和对文学工作的重视;出版社要增加书的印数;评论家需发出自己的声音,并借助名家作品抬高自己的身价;媒体需要吸引读者的眼球,若能由此挑起一场学术争论则更佳;会场的提供方需要大型会议带来收益……

当所有的参与者都能因会议达到各自的利益时,这样的会议要想开不好也难。

习 惯 成 自 然

  两年前他好不容易买下一套二手房,入住后才发现,北窗正对着一所小学的操场,每天噪音不断:体育课上的口令、球赛的喧哗、课外活动的嬉闹,声声入耳。他买耳塞、在窗户上贴密封条、改装双层玻璃……都不顶事,倒把自己搞得烦躁不安。常常坐在北房间里看书,满耳是窗外的杂音,老半天看不进一个字。

  后来他想,躲不了还怕走不了吗?他又开始跑二手房市场,目标是把现有的房子尽快置换掉。但这回要找上一套价格、地段、朝向、楼层都能超过现在的房子还真不容易。他不依不饶地找了大半年,一无所获。

  不知从哪一天起,操场上的嘈杂声变得不再那么刺耳了;有时即使意识到噪声的存在,也并不影响他写字时的文思如涌。再过了一段时间,当他专心于某件事时已基本上不再听到外面的声响了。后来,从北窗口看操场上那么多天真活泼的孩子,他也被感染上了童心和欢乐,他发觉伫立窗前欣赏此景也不失为一件美事。再后来,每逢星期日,没有了孩子们的声音,反而觉得静得不习惯。也不知从哪一天起,他发现自己已没必要跑二手房市场了。

穿着脏鞋回家

出差一周,明天就能回家。我把皮鞋又擦拭了一遍,同时不忘提醒同行的老周:"这宾馆里的擦鞋纸是免费供应的。""知道!"老周是个聪明人,他知道我在暗示他要回家了,得给自己清洁一下,"你嫌我的鞋脏了?实话告诉你吧,我得穿着这脏鞋回家让我们那儿的擦鞋匠擦鞋呢!——他是个下岗工人。""非得让他擦吗?哦,老交情了。——不对啊,既然是给人情,到时给他两块钱不就得了!"

"不能这样,"老周一脸的正经,"我也这么干过,擦鞋匠当下就把我给的十块钱扔回,说:'你把我当乞丐了?'后来我明白了,人都有自尊。你让他擦鞋,然后给钱,那是他劳动所得,他受之无愧;你平白无故地给钱,人家就感到你是出于怜悯的'恩赐',这是对他人格的污辱。"

后来老周调离,我却常常想到他,还想像老周那样在给人帮助的同时还顾及给人自尊的人一定是个真君子。

五百元奖金怎么花

那年公司十周年大庆,总公司按每个职工五百元的奖金发放到各分公司。A 公司把这笔钱直接发给了每个职工,受到该公司职工的一致称好。B 公司却用这笔钱组织全体职工到当地最高级别的酒店用餐并娱乐。职工们在全市唯一的旋转餐厅里享用正宗的法国西餐,还观赏了全国有名的相声与口技大师的精彩表演;尽管价格是最优惠的,但还是遭到当时大多数职工的抱怨,说是太奢侈、太不实惠。

数年后旧事重提。A 公司的绝大多数的职工已记不起有发五百元钱那回事。但 B 公司的职工谁也没有忘记他们平生第一次像贵宾那样接受优质服务。他们还记得正是从那以后,公司上下关系更加融洽,当年创利还首次走在了各分公司的前列。

都是电影惹的祸

在比利时的布鲁塞尔,一个中国游客与一个欧洲游客在街心广场邂逅而聊上了天。

欧洲游客说,前不久他刚从中国回来。以前看中国电影,留下的都是长辫、挥剑、舞拳的印象,以为中国人都好斗,个个武艺了得。看到了真实的中国才知完全不是那回事,中国人温文尔雅,他们也打拳,但是在早晨的公园里,那是一项艺术性很强的体育运动。

中国游客说,我们中国人以前喜欢看外国电影,一直认为欧美人性生活随便,男女间放荡不羁;到外面来一看,外国人也许反而比今天的中国人保守,至少在街头当众搂抱、接吻的很少看到。

后来他俩达成一致意见:都是电影惹的祸。想想吧,电影就是要通过制造一些奇迹吸引观众,日常生活中常有的能算奇迹吗?

写作动力

困难时——我指的是"文革"十年——他被赶到"干校",被日夜进行灵魂深处的"革命"和繁重的体力劳动。那时他有愤怒,以及由愤怒而唤起的激情,因而很想写些东西。但那时不具备条件:没时间,没精力,没安静的场所。即使写出来了,写成的东西还得东躲西藏的,更别奢望发表了。

后来粉碎了"四人帮",像他这样的知识分子得以在精神上获得解放。他激情依旧,甚至更强烈,但那时百废待兴,没有理想的写作条件,居无定所,甚至没有一张像样的书桌,他除了写一些批判"四人帮"的应景文章外,基本没写什么有分量的东西。他的工作条件是经过了五六年后才逐渐好起来的。生活条件好了,住房改善,还有了独立的书房,他却没了愤怒,也没了激情。他又找不到写作的动力了。

可以说,大多数人都是在类似的过程中放弃了应该写的东西,能够在任何情况下坚持写作的人从来就是少之又少。

午睡

改革开放后中国人发现西方人都没有午睡的习惯,体现了西方人惜时如金的精神。一些赶时髦的中国人也强打精神,坚持不再午睡。

同一时候,西方人发现了中国人的午睡习惯。他们认为午睡体现了东方人的休闲观,也更符合科学养生的道理,于是他们中的一些人也学会了午睡。

布告引出的热议

　　夏日时分，人们衣着薄露，公交公司适时贴出布告，向衣着容易"走光"的女乘客提起忠告，并分列数条防守细则，以应对车厢内色狼的窥视。这一告示是否真有必要姑且不论，但引起广大公众的极大兴趣却已成事实。民间的议题很快蔓延成网上的热议，跟帖无数。网民又分成正方和反方两派。正方说，这样的提醒既出于对性犯罪的防患于未然，又体现了文明风尚和对女性同胞的温情关怀。反方说，有这样提醒的吗？有必要这样提醒吗？这告示与其说是告诫公众远离居心叵测的窥视，还不如说是教唆如何有效窥视的行为指南。争论双方一时难分伯仲，而多数参与者并非一定要争个是非曲直，仅把它当作是一场娱乐。当地的报纸见状唯恐市面全让网络给占了，也匆匆杀入。搞媒体的都善于在一个熟识的题材里做出不熟识——所谓"有新意"，该报的话题是："'走光'究竟是不慎引起还是故意而为？"力图在源头上找到根子，差点把网上的争论来了个釜底抽薪。

　　这年夏天酷暑难当，但因了这场争论给苦涩中的人们的心头多了些许滋润和凉意。后来一想，这故意的"走光"——如果此说成立——本身不就是一种精神上的滋润？嗨，姜还是老的辣，也只有报社的那两个半老不熟的策划人能想得出这样的点子！

不看报的日子

　　这次旅游我真的离家很久。我去了西北农村。那里不但交通不便,通讯也不便,还有就是看不到任何一份报纸。这对我这个一天不读报就像酒鬼离了酒一样难受的人来说不外乎是一场折磨。

　　看不到报,我可能错过了一条重要的国内外重大新闻;可能漏掉了对我关系密切的一个新政策、新规定;还可能是虽不重大,但作为国人不能不知的(如"裸照门")事件,会在日后与朋友交谈时被边缘化;或者正好不看报的日子里一位文化名人逝世,全世界的人都知道,就我浑然不知……

　　开始一、两天我焦躁不安,像没头苍蝇似的跑遍整个村子——连一份报纸都没找到。后来几天我对邂逅报纸还心存侥幸,再后来就彻底死心,每天晚上像村民一样早早睡下,轻轻松松,心无挂碍,一觉睡到大天亮。我发现没有报纸的日子其实也不错,同样可以过得有滋有味!

　　回家的途中,在列车上买到一份日报,看了,也不过如此。到家后还真花了不少时间才又适应了有报的日子。

抢座位的心理

乘地铁时不知你注意到没有，人多时往往会发生几个人争抢一个座位的场面，还有人会厚着脸皮硬挤进原本只能坐六个人的座位，让自己成为第七位。这些人真的累得非要占个位子不可了吗？不见得。如果这时车厢里人少，一下空出很多座位，你会看到有不少乘客宁可站着也不愿挪动几步坐到空位上去。

如此可见，争抢座位只是人们唯恐落后与吃亏的焦虑心情所致。这种不良心态还有传染性，大家都有时你也会有，而且愈演愈烈。反之，大家没有了，你也往往就没有了。

女儿学游泳

父亲让七岁的女儿学游泳。按照规程,他让她在床上练习手臂和腿的伸缩夹水动作,继而练习手臂与腿的协调动作,最后下水练呼吸与四肢的配合运动。两个暑假练下来肢体动作都到位了,就是换气没任何长进。在水中不会换气就只能游一口气的距离,姿势再正确也是白搭,始终改变不了"旱鸭子"的处境,父女俩一筹莫展。

有一次父亲的朋友约他俩一起游泳。朋友说:"不会换气?这有什么难办的?"说着冷不防把女儿扔进了游泳池的深水区。女儿惊叫一声,喝了一口水。父亲还没来得及作出反应,女儿已挣扎着把头伸出水面,同时手脚并用,拼命地打水。"好极了,不要紧张。"朋友也下了水,站在女儿一旁,指挥着她,连托她一把的意思都没有,"……双腿使劲夹水,对,就像游蛙泳那样……两臂也向下压水,头尽量抬出水面……好,好极了!放松,不要紧张……好了,你已经能踩水了,也就是说能在水里换气了……现在你可以试着朝前游……"

当父亲看清是怎么回事时,女儿已经在水里仰着头,费劲地朝前游了。朋友乐呵呵地说:"这就叫置之死地而后生。"父亲不知是欢喜还是懊恼:"这么说我以前的心血都白费了?""不,那是必不可少的基础,你缺少的是临门一脚。"

工作还是享受

听说老曹退休了我打去电话慰问。以前上班时老曹总喜欢把自己描绘成一个大忙人："忙,一直很忙!"现在退休了总不能继续把"忙"挂在嘴上吧?不料在电话里他仍连连称忙:"你想,每天六点起床要锻炼身体,回到家要送小外孙上幼儿园,然后经过菜场买菜,然后是回来烧饭、洗衣服。再有就是看早报……"

我忍不住打断了他的话:"你还记得和我一起退休的李总工程师吗?他其实一直在从事一件技术工作,退休后也没有间断,除外还参加了合唱队、辅导外语、学画……但他碰到我时总说他闲得很呢,他把一天内的事统统说成是生活,是生活就是享受、就是乐趣、就是悠闲,何况是不用上班的退休生活。你的忙是把所有的退休生活都当成了工作,那不忙才怪呢!"

老曹愕然。

哪套衣服合算

张小姐一下买了两套衣服。一套九百元,颜色、款式她都满意。要说不满意的话就是价格贵了点。另一套二百元,款式大体上是她喜欢的那种,颜色稍有点不尽如人意,做工也略嫌粗糙。但与九百元的那套比,你就感到绝对合算,这也是张小姐毫不犹豫把它买下来的缘由。

一年来,张小姐每逢重大活动、重要约会,首先想到的就是穿九百元的那套衣服。粗粗估计一下,已不下三十次。她也想到过穿二百元的那套,但每次拿在手就想到它的不如意处,常常在最后时刻选择了放弃。回想起来就在回娘家时穿过二次。两套衣服,前者平均每次穿着花费三十元,后者平均每次一百元。若把以后的穿着再计算进去,这种差距就会更大。

张小姐这才意识到,原以为花二百元买的衣服在价格上占了便宜,现在看来它还远没有九百元的那套便宜。

安全与不安全

安全员在建筑工地上发现了一张陌生的面孔,那是个壮实而略显腼腆的小伙子。安全员问:"小伙子,刚来的吧?多大了?""十八了。""头一次出来干活?""嗯。""习惯吗?那可是建高层。"

小伙子实话实说:"刚来时,爬到四层以上就感觉很害怕,手心出汗心发慌,在脚手架上不敢迈开步子。那时总担心没有安全。"

"现在呢?"安全员问。

"现在习惯了,什么顾虑都没了,十几层楼高的脚手架上照样可以走得飞快!其实安全得很呢!"

"不对啊,小伙子!开始时你感觉不安全其实倒很少有安全隐患;现在你胆子大了,感觉安全了,在我看来反而不安全了!"

失落的幸福

上世纪七十年代,他居住的是什么呀!旧式里弄房的亭子间,七个平米朝北,无阳台无卫生间。厨房是四家合用的。到了八十年代,当住上了单位分配的配套齐全的二室一厅新工房时,他感觉非常幸福。特别是看到原来同一街道的老邻居们仍住在阴暗狭窄的旧房子里时这种幸福感尤甚。

从九十年代开始,周围的人们都通过各种途径改善了居住条件。当八九十平米不再是少数人的住房面积时,他已很少再有强烈的幸福感了。后来他好不容易置换了一套一百三十平米的新公寓,他的幸福感又油然而生。但这样的幸福感没有维持太久就因他的同事中有不少人已置起了别墅而让他心中长存一丝苦涩。

单独地看,一百三十平米住三口之家再怎么也不会是不幸福吧?在这里,幸福指数的高低是与周围人比较的结果,而不是幸福本身。

如何吃得尽兴

我是在兰州一家很小的吃食店里第一次吃上羊杂碎的,那个感觉真叫好!但以后在宾馆、大饭店也多次吃上羊杂碎,却从没再找到过第一次的感觉。是大师傅厨艺不到家?那可是高价聘来的西北厨师呢。设备不行?笑话!一流的饭馆还比不过乡镇破旧的小店?有一天,我突然悟出了其中的道理:那是需要一种特殊情调、风味的饮食环境相伴的食物呀!

——门外须传来一阵阵驴马的叫唤,泥地上一张油腻的桌子、粗瓷蓝边大碗、粗木筷,周围有披羊皮袄的北方汉子和你同吃,吃得热气腾腾……差不多这样子了,那么成了,这顿羊杂碎才会让你吃得有滋有味、吃得尽兴。

"体育爱好者"

今天,随着电视、电脑和其他多媒体的普及,体育被强化了其观赏性,在相当一部分人中体育被异化为一种娱乐的功能,而运动员则与娱乐明星无异。当人们躺在柔软的沙发里,嚼着土豆片和巧克力,连续几个小时、甚至通宵达旦地在电视机前观赏球赛或其他体育赛事时,他们是在以损害自己精力与体能的代价换取愉悦与精神享受,这正好与体育强身健体的宗旨相悖。他们熟悉某个体育明星的身世、嗜好,甚至他的宠物的名字,却往往对他所从事的运动对促进人类健康的意义知之甚少。

那是些体育爱好者吗?充其量只能叫做"观赏体育爱好者",是一群最需要运动的人看一群最需要休息的人在玩命地运动。观赏,是享乐;锻炼,是吃苦。模糊两者的界限正好契合了人性的弱点:在享乐的同时享用一种美称。但如果我们的体育培养的是越来越多的"观赏体育爱好者",那还算是体育吗?

选 择 野 草

在小区平面屋顶上搞绿化早已进入业主委员会的议事日程,但种植什么绿色植物一时难以定夺:既要省钱,又要成活率高。有一次业委会上,这件事又成讨论话题。有人提出可种植绿萝。多数人说好:好看,高贵。也有反对的,理由是价格高,而存活率低。这时一个来自南方的业主代表不以为然地说:"绿萝?在我的老家那是再普通不过的植物了,就像你们这儿的野草,贱得很呢!"

"等等,让我想一下!"另一位业主代表打断了他的话,"绿萝在你们那里是野草?说明它们更适合你们那儿的环境,所以在你们那儿一定价廉物美。顺着这思路想,我们这里也有我们的野草呀,这些野草先我们无数年就已成这里的主人,它们无孔不入、不请自来,我们不利用当地价廉物美的野草不是犯傻呀?按我的想法,只要在屋顶上铺二三十厘米的土,除外什么也不干,连种子也不要,坐等它们去疯长吧!"有人笑着说:"张教授,你说得有道理,但野草毕竟没绿萝好看啊!""距离产生美感,我们的野草在南方人看来也许还挺美的呢!""是这样!"那位南方人附和着说。

会场里响起了一片热烈的掌声。

对等的付出

同事贾小姐几乎具备了"剩女"的一切条件：高学历、高职位、高薪、高龄。我每次用同情的口气问起她的婚姻大事进展情况时，总是小心翼翼，怕一不留神伤害到了她什么。她倒无所谓，"差远了，男朋友的影子都没有！真是急死人了，你给我想想办法呀！"——她就这么率真。

我说："像你这样的美女白领找不到对象，谁信了？还不是要求太高！"

"想不到您也和所有的人一样'俗'，认为我太挑剔，唉！"

"我知道，你的挑剔不是物质的，你很有钱。你挑剔的是感情、是人品。"

"是呀，今天这个世界谁也不可靠，谁还相信有天长地久、白头到老！"

"你不相信，所以就不投入？"

"过分的投入最后换来的是过分的痛苦！"

"你想用三分的投入换回十分的真诚？在情感世界里你的付出与得到是成正比的，你不敢付出，所以你也不可能得到。你这样聪明的姑娘连这点常识都不懂吗？"

贾小姐呆呆地看着我，老半天没讲出一句话。

半年后传说小贾结婚了，那时她已换了个城市工作，她完全可以免了送我喜糖的。但她非但送了，而且是超常规的一大包，快递来的。

另一种不幸

一对夫妇,从二十年前十二平米的"家"到十年前的一所二室户的公寓房,再到两年前搬入的三百六十平米的豪宅,正好一路见证了他们的奋斗史和发家史。如今他们是远近闻名的千万富翁。

乔迁新居的喜悦在三个月后就趋于平静。一张豪华气派的双人床放在近一百平米的卧室里像是大海中的一叶孤舟。不久前,他们唯一的儿子成家搬走。大房子给人的感觉是孤单与寂寞。他们文化不高,生活情趣也有限。现在,夫妇俩一有机会就分头外出。妻子挤到拥挤不堪的棋牌室里打牌;丈夫则大半天在闹哄哄的麻将世界里度过。这时的家只是个不可不归的过夜的客房。他们忽然想到,和以前居住的局促和生活的贫困相比,现在的舒适成了另一种不幸。

指出优点

外省的一位青年画家创作了一幅油画,趁参加一个大型会议之便,他把画作放在宾馆的大厅里征求与会者的意见。一天下来,懂画的、不懂画的,口头的、书面的意见不下三十多条,都写在了留言板上。除去重复的,也不少于二十条。既然是"征求意见",人们都理解为谈缺点,所以意见是清一色的批评意见。青年画家的自信心大受打击,一整天把自己关在房内不见来客。

那天我去了——好不容易才敲开的门。我建议他对同样这幅画要求人们指出优点或成功之处。他照办了。第二天晚上,他收到的褒扬意见竟也有三十多条。他由此大受鼓舞,精神大振,创作热情一发而不可收。后来他蜚声画坛,作品远涉重洋,参加多国画展,一颗新星从此升起。

选 择 的 难 题

在市中心一个大型食品商场里,有一个出售蜜饯类食品的专柜,柜台内外陈列着琳琅满目、五光十色的各种蜜饯类食品不下四五十种。许多顾客都冲着这里的品种多而全才来的。他们驻足、徘徊在柜台前,面对如此众多的选择,兴奋不已。但这些兴奋才维持不过几十秒,他们就开始为艰难的选择而烦恼了:哎哟,单话梅就不下十种,产地不同,风味不同,价格更是大不一样,买什么才好呀?陌生的品种,是否合自己口味,毫无把握;性价比也是个不能不考虑的问题;还有……他们中的大部分人经一番激烈的盘算和选择,直到挑花了眼还是犹豫不决。随后他们会转到商场的另一个柜台,那儿也卖蜜饯类食品,但不是专柜,品种也不多,就那么常见的五六种。由于供选择的品种少,而且都是熟悉的,他们很快就挑中其中的一两种,然后果断地买下。

后来人们发现一个规律:顾客们买蜜饯,挑选在前一家,成交多在后一家。这看起来有点匪夷所思,但事实就是如此。给顾客提供更多选择原本没错,但过了,就走向了愿望的反面。

巨片这样走红

不知何时起电影界已成一种规律：一部巨片还在剧本创作阶段，即已开始在各种媒体上狂轰滥炸般宣传炒作，依据是它由名导演执导，由大牌明星"领衔主演"，有上亿万的大投入，让人相信这样的电影不好也是好的，不"巨"也是巨的。当然也有存疑的：难道父母健全就能预言孕妇肚里的婴儿一定健康聪明？这时，微弱的反对声总是被人们热切的、善意的期望所掩盖。

现在，巨片在把人们的胃口吊足后终于推出，铺天盖地的广告驱赶着观众走进影院。不料期望越高失望也越深，第一批观众是一路骂着离开影院的，还有坐不满半场就抬屁股走人的。然而，第一批观众的恶骂非但没有阻止第二批观众光临影院，反而极度放大了宣传效应。人们去观看或许仅仅出于好奇——宣传与实际真有如此差距？何以有如此差距？这时，他们倒开始完全依赖自己的感觉了。当第二批观众也骂骂咧咧地走出影院时，人们的好奇心更甚——仅仅是为了证实影片确实该骂也值得花钱一看呀！好奇心又支配着第三、第四批观众走进影院。既然前四批观众都看过了，以后的人们为了不"落伍"也蜂拥着走向影院……

如今我们更多地看到"巨片"往往是如此走向"辉煌"的。

瞎扑腾

在一家大宾馆的室内游泳池边上,一位西装革履的中年人,为了给迎面而来的美女让道,绅士过了头,踩空一脚掉进了泳池。随着扑通一声巨响和美女的尖叫声,在一片水花中中年人已经在泳池里手脚并用拼命地扑腾了。人们一下子围在泳池边议论纷纷。多数人的意见是看这位仁兄瞎扑腾的模样,八成是不会游泳的,得赶紧找救生圈。也有人说,没事,这么个游泳池还会淹死一个大男人?但没人听他的。

救生圈扔下去了,中年人一抓住救生圈就在泳池里站稳了身子,结果发现水面仅到他的腰部,水深竟不足一米!如果说掉到水里还算是一次小出丑的话,这回丢脸可是丢大了。瞧,人们看他瘦长的个子上套着一个救生圈,傻站在齐腰深的泳池里,一脸沮丧的样子,泳池边响起一片哈哈大笑声。

馅 要 配 皮

一个卖豆沙馅的来到集市的最热闹处,打算设摊,见一个卖春卷皮的也正在那里设摊,便主动避让,把摊头设到集市的另一头。

不知为什么今天卖豆沙馅的很不走运,问价的本来就不多,有些问了价的觉得价钱不贵,也承认货也不错,可临到最后又不买了。

这时那个卖春卷皮的找上卖豆沙馅的,把货担靠边上一放,说:"我找到咱俩生意都不好的原因了。别怕咱俩在一起相互抢了生意,单有春卷皮没有豆沙馅没人愿买;有了豆沙馅缺春卷皮同样没人买。咱俩只有合在一起生意才能做好!"

话音刚落,同时有四、五个顾客围住了这两个摊头。不过一小时,豆沙馅与春卷皮即告售罄。

花 钱 放 权

　　当她的两个双胞胎儿女稍稍懂事的时候,她和其他的父母一样,也给孩子们零花钱了。开始是每人每月五十元。老大常常刚过半个月就把钱花光了。老二也好不到哪儿去,才过每月 20 日,就唉声叹气地埋怨妈妈给的钱太少。老大不在外人面前声张,却喜欢变着法子找理由让妈妈掏钱。后来,老二也学乖了,不时地缠着妈妈要求"追加投入"。

　　后来她不胜其烦,干脆年初一次性地给两个孩子发放全年的零花钱。仍按每月五十元的标准,每人共六百元。钱拿出后她就后悔,她已经作了最坏的打算:不到两个月,孩子们就把各自的六百元花个精光,然后再向她伸手。不料孩子们拿到他们从来没拿到过的"巨款"后,一下感觉责任重大。先是办了个活期存折,把钱全存了银行。然后省着、计划着用钱,还都学会了记账。到这年年底,孩子们非但没有"透支",反而有大量剩余。想不到吧,是"放权"调动了他们合理花钱的主动性!

还 得 操 心

　　隔着我家一条马路的阿三前几年年纪轻轻就下岗,后来搞了辆黄鱼车跑跑运输,勉强维持生计。虽是个1.80米的帅哥,但婚姻问题成为他老娘的最大心事。每当这时,我总是安慰老太太,阿三人好,又长得帅,不愁找不上好媳妇,只是缘分未到。话虽这么说,我心底下还真为这位"钻石王老五"担着心。

　　后来阿三不知怎的搞起了一个知名品牌的专卖店,生意奇好,不出一年就发了。据说从来无人问津的阿三的婚姻问题一下成了街坊间关心的大事,三天两头都有热心的红娘登门造访。

　　有一次我对阿三的老娘说:"老太太,现在你不必为阿三的婚事操心了吧。"老太太说:"不见得,钱多了也有多的坏处,你搞不清那些对我们微笑的女人,究竟是真对我们笑呢还是只对我们手里的钱笑,阿三的事还得让我操心下去。"

有车的感觉

有车族的感觉真的不错。当你花十万出头的钱开回一辆天语 SX4 都市时尚款,并挤进小区的停车场时,你忽然有了一种进入富裕阶层的优越感。

但这种感觉还没有维持多久,就有点不爽了。当你还混在"自行车族"里时,你和别人没什么区别,感觉上大家是平等的,你可以做到举止从容、内心豁然。现在你有车了,你无形中进入了一个新阶层,开始了某种意义上的高消费,你就再也无法从容和豁然了。当你还没完全从脱离"自行车族"的兴奋中清醒过来时,就意识到如今的有车族竟是个庞大的群体,单看看小区里的地下停车场就知道了,你这车算什么?中档的有马自达、迈腾、凯美瑞……,高档的有奥迪、皇冠、宝马……,高档中还有更让人咋舌的。你没看到?邻居中驾宝马的,那气度硬是和你不同,人家还是有修养、低调的人,例如两车相遇时他主动对你礼让,越是这样你越感到自卑。你有时想我凭什么要自卑呢?是呀,我也这么想,但没办法,你还是自卑。有一次,你停车时不当心越过了界线,那辆奥迪的车主对你大按喇叭,你感觉很胸闷。胸闷还因为他小时是卖棒冰的,前些年通过炒股成了暴发户。不过对"暴发户"说来,也不见得有多大优越感,如果他与开"宝马"的房产商相比他也会郁闷。那房产商呢?可以想象得到,他在比他更富贵的人面前同样会自卑——真可谓"山外青山楼外楼"!

做人家不足的

D公司打算开发一种全自动制浆机，尚未正式上马就发现市场上同类品种已不下十几种，功能特点几乎完全一样，连宣传产品的广告词也相似。若要在市场上立足只能与那些竞争对手拼价格、拼售后服务，与十几个弟兄抢吃同一块蛋糕。

D公司想，与其如此还不如找顾客谈谈，了解他们对这类产品还有什么需求。调查结果顾客大都反映，市售制浆机什么都好就是清洗不便。每做成一次豆浆，要清洗沾在加热棒上的豆渣花的时间比做豆浆、喝豆浆加在一起还多。甚至还有顾客说，如有能解决这个问题的制浆机，我情愿将已卖的机子弃之不用，也要买上这一台。

后来人们看到，当先前的十几个品种的豆浆机经压价，拼得几乎无利可图时，D公司生产的一种制浆机因其清洗方便而受市场热捧，价格竟然还高出其他豆浆机的三分之一。

骑驴找马

两个大学同学,读相同的会计专业,同时毕业,同时遭遇"就业难"。

其中的小 A 经几次应聘碰壁后主动放低要求,在一家民营公司顶替请生育假的出纳,当了个临时工。其中的小 B 其实也有机会在一家国营公司的财务部谋个临时职位,但小 B 不干,他认为临时工算什么?掉价不说,还会丢掉当正式工的机会。于是,他继续在人才市场上进进出出,为找工作而忙碌。

小 A 认真干了一年的临时工,有了一年的实践经验不说,对财会领域就业现状、工作特点都有了切身的体验。当然人脉关系也建立起来了。所以一年的临时工期满,他就已经在附近的另一家企业找到一份薪酬不菲的正式工作。套用当前的一个说法,小 A 是"骑驴找马"。而这时的小 B,我们看到他仍早出晚归地奔波在人才市场上,据说投出的简历数以百计。有一次问及他的就业前景,不知是不便谈还是不愿谈抑或没时间谈,他朝我"嘿嘿"笑了两声就匆匆离去。

只"调查"不"研究"

以橘子为原料的"蜜汁王"因其原汁原味、美味可口而广受欢迎,长期来占据了当地果汁饮料市场近一半的份额。但公司仍嫌市场没有做大,投资五十万元,委托一家咨询公司搞了一次大规模的市场调查,以决定新的产业方向。

调查的问题是"如果有一种以山楂为原料的新饮料出现在市场,你还会选择'蜜汁王'吗?"让公司决策层意想不到的是一万份问卷中75％回答:选择山楂汁。排除了问卷作假的可能性后,公司选择服从科学的市场调查。企业增添设备,分出三分之一的生产能力加紧让山楂汁早日投产。但山楂汁饮料投放市场后并没出现人们想象中的火热场面。前期的宣传热潮一过,基本上就卖不动了。幸好有"蜜汁王"品牌的连带效应,靠"搭车"销售了一部分,否则这年可是亏大了!

原来,这次市场调查填写问卷的大多是当地年轻人。年轻人多喜新厌旧,喝惯了"蜜汁王"的他们很想换换口味。不可否认他们填表也草率。填表者可以草率,决策者可不能草率呀!尤其不能为"科学"所惑。

"老总的方案"

我们公司的老程是"隔着门缝吹喇叭——名声在外",听说他业余为外单位搞产品开发、策划活动、合理化建议……搞得热火朝天,是远外闻名的"点子大王";但在本单位,却从来没有见他有什么非凡之举,这大概就是我们常说的"外来的和尚好念经"吧。

要说老程从没为本单位出过金点子也有点言过其实。只能说老程总是在会上当着大伙的面向老总贡献点子是错选了地方。老程不愧是聪明人,不会一路走到黑。有一次他又有了个点子,这回他不是在会上,而是和老总单独在电梯里时提出的。从十二楼到底楼的十几秒足够老程把事情讲明白的。老总显然也听懂了,但没有表态。

几天后,在一次中层会议上,老总提出了一个方案。老程一听就知道它出自那天电梯里自己的建议,当然老总已将它细化。其实即使是细化部分,也不是老程没想到;想到了,不提出来就是了。他乐于将细化部分让领导想到并说出来,显得整个方案更像是老总的创造发明。当会议对方案进行评议时,老程又抢先发言,对"老总的方案"大唱赞歌,从而在与会者中进一步强化了"老总的方案"的印象。事后了解真相的人说老程是媚上。老程说,我都快退休的人了值得去讨好领导吗?但你想想,让一个涉及上千万投资的方案最后通过、落实,没有老总的积极推动能行吗?

择 偶 难

女儿大学毕业后在城里找了一份白领的工作。做母亲的现在什么都满意,就剩下一桩心事:女儿的婚事。每次写信,免不了都要提上一句:"有合适的就认了,别挑挑拣拣的,在我们小地方,像你这样年龄的女孩早已做妈妈了。"

女儿在电话里说:"妈,女儿不是不着急,但这鬼地方的男人硬是没有我们家乡好找。半年前有个才华出众的师兄向我求爱,被我回了——长得太丑。三个月前我看上了一个帅哥,但一问是从远郊乘公交车来的——太穷。从富人区开着奔驰来的倒是有一个,但刚离婚不久,离婚的原因是包二奶。你说有钱的老实人吗?当然有,但缺少情趣。有个老乡介绍的人除了挣钱,陪我逛街都不会。浪漫的也有,生日能收到他快递的玫瑰花,但后来才知,他对其他女孩也这样,实在叫人放心不下。放心得下的也谈过一个,但若跟了他每天上下班两点一线,回家还得洗碗,又觉得活得太窝囊。妈,你说我能随随便便地嫁个人委屈了自己吗?"

专业的冷热

老同学的儿子考进了一所名牌大学的新闻专业。那天,他在一家大酒店大摆酒席,召来所有能找到的朋友痛饮"庆功酒"。不仅是因为儿子以高分录取名校,还因为新闻专业是当时的热门专业。凡是该专业出来的毕业生,不是进电视台就是进报社、网站,还有就是出版社。当时正是各类媒体大发展的时期,急需这类人才,名牌大学毕业的尤其吃香。

四年后的今天,同样在这家大酒店,老同学又是大摆酒席,找来的还是当年的那群朋友。名义上是庆贺儿子毕业,实际上是朋友收场时的最后一句话——"请各位帮忙给儿子介绍份专业对口的工作。"关于"专业对口",他也有说明:"只要是文字工作就行。"标准低得不能再低。

现在人人都知道这个道理:当某种专业人才奇缺时,你如果不想让自己将来毕业即失业的话,最好不要报考这种专业。这与股价大涨时卖出,大跌时买进的道理是一样的。

嘈杂中的修炼

在大城市里,天天面对的是车流、人流,嘈杂的市声、灯红酒绿……找不到一块安静的绿洲,心生无穷烦恼。所以同事们在一起时常感叹:"真想哪一天能到一片宁静的山林住上一段时间,去修炼一颗烦躁的心。"

有一次,我来到江西一所坐落在深山里的寺庙,拜访那里的方丈时说了同样的话。这里古木参天、满目青翠、空气清新、万籁俱寂。始终微笑着的方丈缓缓地对我说:"修炼是修一颗心,外界的宁静并不代表内心的宁静。我倒羡慕你们,能在嘈杂中、在烦恼中修一颗宁静的心,真正的宁静反而在嘈杂中更能修炼出来。"

我恍然大悟!所谓"酒是良朋花是伴,花街柳巷觅真人,真人只在花街玩。"——这是道家的话,竟与释家如出一辙。

面　试

当就业也成为买方市场时,招聘单位都成"朝南坐"了。既是"朝南坐",办事就变得轻忽。拿 A 公司来说吧,在向一个大型招聘会派出招聘代表时也显得很随意。本来应该是公司人力资源部部长亲自去的,因其临时有事,就在别的部门找了个"闲散人员"来充数。此位仁兄不懂人事也就算了,偏偏又是个不修边幅、自以为是、信口开河的家伙,在急于求职的应聘者面前这些劣质又得到了充分的放大。会场上凡到过 A 公司招聘处面试过的人都有被忽悠了的感觉。

一周后,A 公司经初选,发出了复试通知书,不料响应者寥寥无几。一打听,接到复试通知书的大都去了与 A 公司性质、条件相近的 B 公司复试。那天,B 公司也在招聘会上设摊,他们由总经理和人事处长亲自出面与应聘者直接接触、亲切交流,应聘者的感觉绝对的好,单凭自己被平等对待这点 B 公司就比 A 公司明显高出一筹。A 公司只想着是他们在面试人,不知道同时他们也在被人"面试"。受聘者在判断公司是否是适合自己从业的理想环境时,会很在意招聘人的"表现",那是一个单位的"面孔"。这些聪明人甚至会想得更远:"要是真的进了 A 公司,让这样低素质的人管理人事,说不定自己永无出头之日。"

训练识伪

如何训练识别伪钞？一般人肯定想到应了解各种伪钞的特征然后识别之。但据说美国联邦调查局训练干员的辨别伪钞的方法不是让他们看伪钞，而是不断地看真钞。不断地看，反复地看，培养对真钞的强烈感觉。以致他们一碰到伪钞就可以凭直觉分辨出来，甚至根本不需经过思索和鉴定。

而且我想，伪钞可以有千万种，并且层出不穷，真钞就一种，以不变应对万变也是一种经济有效的手段吧。

少才是多

生活中我们都习惯于做加法。例如家里的各种设施总是越多越好。上世纪八十年代我的朋友刚分配——当时还是分配——到一间十六平方米的住房时,他在这个未来的新房里装了足足三十三盏各式各样的灯具。除五件套家具以外,他还在这间房子里放进了三人沙发、冰箱、洗衣机、音响。当人们都认为再也无法安下任何东西时,他硬是创造了再放进一架钢琴的奇迹。

眼见为实。当我们被邀请参观他的新房,并听他滔滔不绝介绍房里的一切时,我发现这位仁兄一定是认为只有多才代表富裕,才体现生活的品质。但陈设多得几乎可以"撑破"房间时,那是在用牺牲人的活动空间换回的。陈设多了,空间少了;多了不是多了,而是少了。

那可能是物资匮乏时代的思想产物。前两年我再去看这位仁兄迁入不久的新居时,发现这回他家里可有可无的陈设一概不收——尽管房子的面积远大于当年的十六平方。他用二十年时间懂得了"只有少了才是多了"的道理。

过年的感受

过年,那是个近乎神圣的字眼——我指的是当年。当年我们还小,我们会时不时地掰着指头计算,还有多少时间就可以过年了。过年意味着大年三十那顿丰盛的晚餐,能吃到平时吃不到的糕饼、糖果,能穿上平时穿不上的新衣,还有压岁钱(尽管很少)、鞭炮……所有和"幸福"相关的事物,似乎都与过年有关。

但今天我们说过年,它越来越像只是过个双休日。对平时天天养尊处优的今天的孩子说来,"过年"几乎不能激起他们丝毫的激情。由于没有这种激情,因而他们也享受不到过年的乐趣,特别是享受不到一年三百六十五天,在对过年的期盼中蕴涵着的那种甜蜜。

天天大笑

某人今年已五十开外,每当他大笑时就会显出脸上密布的皱纹。他是在照镜子时偶然发现这个现象的,从此再不敢大笑,怕大笑会加深皱纹。有一次路遇阔别二十年的同龄旧友,发现他比自己显得年轻得多,面颊红润极少皱纹。问及有何保养身体的秘诀,答:"天天大笑。"

留辫与剃发

中学时的历史老师没有给我们留下任何好印象,阴沉、寡言、刻板,除了照本宣科外他似乎从无个性化的发挥。只有一次例外,他讲了课本上没有的一段史料。因是难得的一次,故至今还记得——

清军入关之初曾颁布法令,强令全国的明朝遗民凡男子一律剃发留辫,有"留发不留头"之说。这激起了民众极大的愤慨,复明抗清的反抗也从未间断。

后来朝廷改变了策略,另行颁布法令:禁止犯人留辫子。凡是犯人,逮捕归案后必须剪去辫子,并且不能剃头。时间一长,就形成了全民观念的颠覆:以前令人厌恶的辫子成了良民的象征;以前明朝通行的发型成为罪犯的标志。很快,留辫不留发成全民共识,留辫之风普及全国。

后来得悉,历史老师曾被打成右派,当时刚"摘帽"不久,自然在课堂上少说为佳。至于为何单节外生枝地向我们讲了这段史料,至今仍是个谜。

丈夫都是人家的好

老陈是个工人，口讷少言，每天厂里家里，两点一线。白天忙厂里，下班"买、汰、烧"。他的太太也早已习惯了这种正常人的生活。陈太太感到不正常是在隔壁的老刘成了"刘老板"以后。她开始经常数落丈夫："你就甘心平平淡淡过日子？你看隔壁的刘老板，天天小汽车进出，每天谈生意不到半夜不回家，哪像你，一下班就往家里赶，靠你买汰烧能发得了财？"老陈无言以对。

但有一次，陈太太在楼梯口听到刘太太是这样开导"刘老板"的："你看隔壁的老陈多顾家！一下班就回家，里里外外的家务事都包在他身上。哪像你，深更半夜不回家，打你手机也懒得接！家，只是你的旅馆。老实说我不在乎你赚什么大钱！……"

陈太太大悟：丈夫都是人家的好。

外 行 看 球

像历年来每次足球联赛一样，L队又毫无悬念地落了个排名老末。最后一场球赛的哨声吹响，球迷们照例又是扔矿泉水瓶、挥拳头、骂娘；然后球队照例又是避人耳目地偷偷回来；当地媒体照例又就何以L队屡战屡败展开激烈的评论，最后的结论是L队永无翻身之日——连一点希望也不给。

球场如战场，胜败乃兵家常事，这可以理解，但为什么8年来他们永远只输不赢，永远只有"垫底"的份？当地的各种媒体和球迷会找出千百种理由：挑选主教练失误、球员放错了位置、布阵不对、精神状态有问题、球运不佳……由于这些内行人深谙细节，所以找到的理由也都是细节，细节不是不重要，但细节一多就反而掩饰了真相，细节越多，解决的手段越多，离问题的解决反而越远。

老李十年前还是个球迷，以后就基本上与球赛断了联系，原因是"受不了一次次失败的打击,怕患上抑郁症",现在他彻底成了外行。也因为成了外行,关于L队永远失败的原因他一眼就看明白了。内行人说的原因在他看来都不是主要的。"想想吧,人种、智商还有投入,我们哪一件比人家差了?甚至比别人家的都好。"老李说,"既然都不比人家差,剩下的就只能在体制与领导上找了。"

老李这话是一年前在麻将桌上随口说出来的,因为有点"惊世骇俗",所以听到的人印象深刻。第二年,也是这个时候,传来L队夺冠雪耻的特大喜讯。也是在麻将桌上,老李得意地说:"看到了吧,这一年里,L队的体制改了,领导班子换了,这样的球队,不让夺冠还难呢!"

赢在时机

本科室的曾小姐找到对象了！那天,她带着未婚夫在全公司的员工面前亮相。这不就是前个时期几乎天天追着曾小姐的"癞蛤蟆"吗？"癞蛤蟆"不仅长得癞,追求曾小姐时那种死乞白赖、恶形恶状尤其令人不齿。同事们都因为他们的冷美人终于逃过了沦为"剩女"的厄运而向曾小姐表示祝贺,但公司里曾经暗恋过或直接追求过曾小姐的男孩们想不通了：我们哪点不如"癞蛤蟆"了？凭什么让"癞蛤蟆"捡了个大便宜？

五年前曾小姐来公司时刚大学毕业,青春美貌、活力四射。她拒绝了公司内两个品貌俱佳、前途看好的男孩后,人们开始用复杂的心态理解她,一个人一被人往复杂处想就真的复杂了。其实曾小姐像大多数城府不深的美女一样,把纯真全写在了脸上。她知道自己美,但并不高估。有点待价而沽的意思,但仅是偶尔想想。想得更多的还是趁年轻时先玩个够。这一玩转眼就是四年,四年中她把对她有点意思的男孩一概拒之门外,直至后来者再无追求的勇气。是一个曾被称作"恐龙"的昔日女同学的婚柬提醒了她。环顾四周,被她甩掉的男孩都已成家,她有点着急。再后来她也加入了急嫁女的行列。当进入28岁——这个公认的女人的打折期时,她已彻底改变择偶标准,决定贱卖了。就在这时——不早也不晚——"癞蛤蟆"出现了。"癞蛤蟆"攻势凌厉,而曾小姐急于处理掉自己,双方一拍即合,于是又一只"天鹅"投入"癞蛤蟆"之口。

想不通也得想通呀,天下事时机绝对重要,应了一句话:"不是你不好,而是你不巧。"

非理性消费

7月份,这个城市的气温明显低于往年,结果这家家电卖场空调销售同比下降了30％。正当卖家对今年夏季的空调销售不再看好时,刚刚跨入8月的气温连续走高,然后整整一周徘徊在35℃到37℃之间。空调销售也一扫前些日子的颓势,立马直线上升。收银处排起了长队,安装工日夜开工还频频告急。

那天我看到家电卖场忙得团团转的销售经理颇有怨气地对他的同事说:"你看看这些客户,你说他们不懂吧,他们侃起价来比你我都'精';你说他们懂吧,他们就是不懂。明明知道每年的夏天都会有35℃以上的高温天,而临时买空调会有季节性调价的风险,还得冒着酷暑满头大汗地跑商场,还得遭遇安装工人人手奇缺的尴尬,就是不愿在天气不冷不热时出手,你说怪吗?"

同事接口说:"看来大多数消费者都是受非理性支配,单凭感觉行事的。话得说回来,要是人人都那么理性消费,我们的商业活动肯定要比现在乏味得多。"

戴首饰的变迁

刚富裕起来的女人们急于在首饰上显示她们的富裕,她们戴金戒指,而且是纯金的;她们戴金项链,而且越粗越好。

后来她们真正富起来了,她们戴金戒指,不在乎是 24K 还是 18K;她们戴项链只要细的,甚至宁愿戴更廉价一点的珍珠项链。

选适合自己的

那年出版社集中向社会招聘了几个职工。在分配具体工作时多数人要求从事编辑工作。那时编辑的社会声望高,收入也不低,不管有条件的、没条件的都希望进编辑室。出现这样的结果是人事处的意料中事。其中只有一个青年人要求去校对科。人事处长怕他反悔及时提醒他:校对工作并不轻松,一天八小时伏案工作,既费眼神责任又大;当然行行出状元,干得好同样能出成果。

那青年人说,这些我都知道。我早就考虑过了,校对需要的精细、专注、耐心正好是我的强项;而编辑需要的策划与组稿能力正好是我的弱项。从事自己擅长的、乐意的工作,收入低一点、累一点也开心;干自己不擅长的、不喜欢的工作再"体面"、收入再高也是痛苦。与其痛苦一辈子,不如快活一辈子。

三十年后结果出来了:那位青年(现在应叫"老年"了)早已是出版界很有声望的校对权威,他编写的《校对心得》是青年编辑接受职业培训的必读教材;而和他一起进社当了编辑的大多表现平平。至于他们中哪个工作得更愉快也就不言而喻了。

说谎的男孩

小男孩回家比往常晚了两个小时。一进门他就发觉爸爸、妈妈的脸色不好看。

"怎么这么晚才回家?"妈妈铁着脸发问。

"是……是参加学校里的打扫卫生……"

"我们打电话问过你们的班主任老师了,她说你们准时放学。说,这段时间你干什么去了?"

"没……没去哪儿,只是路上走慢了点……"

"难道要慢上两个小时?你以为我们不知道?我们早问过你的同桌了,他说他看到你在游戏机房!"

接着父母一齐动手,把小男孩扎扎实实地揍了一顿。

"说,以后还说不说谎?"

"……不了、不了……不说谎……"

以后的情况是小男孩继续说谎,不同的是父母再也没能察觉他说谎。那天给他的教训不是不能说谎,而是必须把谎言说得天衣无缝。

婚纱摄影

经常看到新娘们放在镜框里的婚纱摄影，一样的刻意化妆，一样的矫揉造作，一样的强作媚态，一样的高光下雪白而缺少活力的肤色，一样朦胧而呆滞的眼神。

新娘们怎么啦？最具青春活力的年华，最憧憬着幸福的日子，最陶醉在爱的甜蜜中的时刻，被定格在这种毫无个性、毫无真实情感流露的千人一面的婚纱摄影中。新娘也许变"美"了，但她们失去了真实、失去了自我，因而也背离了婚纱摄影的初衷。

虽苦犹乐

他舅舅以九十六岁的高龄无疾而终。在死者的追悼会上,舅舅不同时期的朋友、同事在不约而同地感叹舅舅的"仁者寿"的同时,也感叹若不是生前过分的节俭与清苦,他也许会活得更长。"下雨天出门,九十高龄的老人还去挤公共汽车!""隔天吃剩下的菜从来舍不得倒掉!""出国看儿子,他天天、顿顿吃猪手,你道是他特喜欢吃猪手?那是因为猪手在欧洲最便宜。""他真少了钱吗?他每月的退休收入有六千元!""……"

"别说了,你们知道什么!我是他外甥,我还不知道吗?"他粗暴地打断,"你们认为那是苦,可我舅舅不认为苦,非但不苦,还是一种他认为很舒心的日子。唯有这样,他才活得安心、活得踏实、活得有滋有味。我敢说,幸亏他生前没人干涉他过这种他喜欢的生活,否则他绝对活不了那么久!"

职工不是包袱

这两年食品市场竞争激烈,甲乙两家毗邻而居的食品厂效益都不好。乙厂一下子辞退了一百多个职工,人少了,支出少了,效益也相对高了点。甲厂也想仿效,但新来不久的总经理不同意,扬言:若裁员他就辞职。董事长哭丧着脸向总经理解释:裁员是不得已而为之;既然不裁,有何高招?总经理说,通过减员达到增效这是下下策。裁员就是把人当作包袱,扔了,很轻松,但企业眼下要稳住,以后要发展,都是要靠人做出来的。我主张我们非但不裁员,还要把乙厂辞退的部分职工招聘进来。当然岗位要调整,根据新旧职工不同的特点和长处,把他们安排在最合适的岗位上。

按总经理说的办果然调动了两部分人的积极性——全厂老职工以及乙厂转过来的新职工。后者还带来了乙厂的独特产品和经验。于是,乙厂不断萎缩的产量和市场正好全都"跑"到甲厂去了——结果还不止是"1+1=2",而是"1+1=3"。才过了一年,两厂一荣一衰已成定局。

两者是一回事

他被接待方邀请去作一个有关创业体会的讲座。会议中间有人递来一张条子:"请问您是怎样处理成家与立业的关系的? 拿我来说吧,十年前我到上海来打工。许多人都劝我先立业后成家。我埋头苦干十年,至今'业'未立,至于'家'吗?——还是光棍一条。"

念完字条,他对大家说:"幸好没人这么对我说过。我在打工中结识了我现在的妻子,爱情使我感觉工作的每一天都是那样甜蜜,对未来的'家'的责任感让我们更勤奋地工作。而两个人的收入使我们较快地积累了创业的资本,两个人的智慧使我们更加聪明。说实话,我至今仍分不清哪些时候是在'创业',哪些时候是在'成家',也许这两者压根儿就是一回事。"

退休计划

三个老职工都临近退休年龄。他们既是老同事又是老朋友。那些日子,他们碰在一起,谈论得最多的是工作太忙,然后就是对美好的退休生活的憧憬。

A说:"从小我就喜欢画画,六年级时还得过奖。退休后空闲了,我可以每天作画,实现当画家的夙愿。"C说:"以前工作忙,欠下许多旅游债,退休后有的是时间,我要徒步游遍大江南北,玩个畅快!"他们问B,B说:"这半辈子,酸甜苦辣都尝遍了,我在写回忆录,退休后时间上会更有保障。"——这些都发生在退休前一年。在这一年内,A、C继续为自己的远大目标高谈阔论,但直到正式退休后一年,他们两仍停留在口头计划上。B却不同,距离退休尚有两年时间,他就已着手利用业余时间整理日记、收集材料;退休前一年开笔写作,退休时已完成回忆录的第一章。尽管这一章仅是他全部计划的二十分之一,重要的是他已形成与保持着写作的热情和状态,这些成为他实现目标的坚实基础。

三年后B的回忆录已完成过半。某日与A、C相遇,得知A退休后压根儿就没握过画笔,一直在带小外孙;C的儿子刚结婚,无孙辈可带,但整天被牌友纠缠着打牌。提起实现当年的计划,两人都不置可否,但都说没空,忙!如果把退休看作三个朋友被推上新的人生跑道的话,A、C显然已输在了起跑线上。

数 学 奇 才

　　朋友的孩子是个数学奇才,孩子的数学老师评价他"是个专为数学而生的学生"。初中时其他同学需二小时完成的试卷他总是一小时不到就交卷。有一次外校老师监考,规定不能提早半小时交卷,他感到极无聊,把几道几何题用不同的解法都解了一遍竟还没到规定交卷的时候。于是某中学有个数学天才的消息一下传遍全市。如果你认为这是孩子在数学上狠下工夫的结果的话那就大错特错了。朋友告诉我,多年来几乎从未看到孩子在家翻过数学书。

　　但以他的数学能力为参照,他的外语学习几乎称得上是低能,高中三年始终停在班上第二十名左右。依据弱什么补什么的习惯性思维,家长、亲友、老师一齐加压,期望他在外语学习上有个质的飞跃。他们的加压也不是没有道理,高考时若外语丢分,数学再好照样进不了重点高校。但这却苦了孩子,课余时间几乎全部花在外语上了,但成效还是有限。要不是后来孩子出国参加国际数学奥林匹克竞赛得了金牌,继而被保送进了全国重点高校,他很可能因无休止地把时间、精力花在弱项外语上而毁了自己的数学天赋。

高兴都来不及

在出版社例行的图书选题论证会上,一部有关上海题材的书稿差点被否决掉。应该说这部书稿题材新颖、立意深刻、文字也清丽流畅,唯一不足的是使用了过多的上海方言,似有卖弄之嫌;特别是会对广大外地读者的阅读带来不便,不做改动是过不了关的。责任编辑带着意见找到作者,作者却坚持不改,认为这点正是本书稿的特色,出版社若一定要改的话他情愿把稿子收回。作者是个写畅销书的高手,牛得很。出版社得罪不起这位"衣食父母",总编大笔一挥:通过。

让当时参加论证会的所有人惊愕的是,此书出版后竟然卖火了!而卖得最好的偏偏是外地的书店。总编带着疑问向一个外地书店的经理询及此事,经理回答:"你们怎么只想到过多的上海话会让外地人厌烦?不想想他们也有兴趣多接触上海话呀!通过读书学一些如今正时髦的上海话,他们高兴都来不及呢!"

阅读的本来意义

　　一次与同事老赵谈起孩子时老赵说,我们读名作家作品觉得不合自己口味时,首先检讨的是自己认识水平不高,鉴赏能力有问题,再就是自己的情趣与名家有差距……总之,一定是自己在哪儿出了问题以致读不懂名家的名作了。有时不是读不懂,而是读不出兴致,那也不行呀!名家有的兴致我怎么就没有呢?但今天我们的孩子就不同了,他们没有这种障碍。读着没劲吗?马上去另找一本喜欢的。跟他们说扔掉的是名家的书呀!他们压根儿就懒得理会,他们认为阅读首先是找乐趣,提不起兴趣的书根本就不值得去读。

　　我问老赵:"你说是我们对,还是我们的孩子对?"

　　老赵说:"我也说不好。但现在看来阅读是纯粹的个人行为,因喜欢才阅读,没有必要搞得那么沉重。"

　　是啊,孩子们是单纯的,还没有被成人世界的成规所"污染",他们这种率性的读书态度也许更接近阅读的本来意义。

不做房奴

老郝家的儿子和女儿都到了谈婚论嫁的时候了,事实上他们也各自都有了对象,但房子成了最大的拦路虎。现在的年轻人早已不是他们的前辈的观念,没有像样一点的婚房他们情愿不结婚。但买房的事就那么容易解决?几十万、上百万的钱从哪里来?正在老郝一筹莫展时真可谓时来运转:动迁了!老郝家那间破平房硬是换了六十万元钱。老郝把钱一分为三,他和老伴二十万,儿子、女儿各拿了二十万。

儿子拿到这二十万后与未婚妻商量。未婚妻说,没有房子怎么结婚?儿子说,对,买房!他俩用这二十万作首付,买了一套市中心的商品房,拥有了属于自己的房子,他们感觉有了安全感与幸福感。当然,他们也就成了房奴。但房奴一当就得三十年,这么一想,他们又觉得不安全、不幸福了。

女儿却用这二十万和未婚夫在黄金地段的一条商业街上买下一间十二平米的商铺,价格不菲,但出租的租金也不菲——每月五千元。他们结婚也得有住房,而且不能降低了生活质量,于是在市中心租了一套与儿子一样的房,租金是每月二千元。这样他们每月就有三千元的收入。他们享受着真正的安全与幸福。而这每月三千元工资外的"额外收入"成了他们几年后自主创业的启动资金。

购　房

　　算起来她前后已经有十年的购房史了。十年前她花了九个月，看了不少于一百套房子，到头来没有一套中意的。不是环境嘈杂、交通不便就是朝向不好，再就是房价太高。

　　用今天的眼光看，那时的房价实在谈不上高，但是她嫌贵。她期望着房价会降下来。一转眼比她晚起步的同事们都先于她买下新房，她心里有点不平衡，不买成一套高性价比的房她于心不甘。但房价在不知不觉中日长夜大。等她意识到这房价非但不降，反而只会继续大涨时她干脆赌气似的选择了不买。

　　但不买不等于不想，住房问题总是心头挥之不去的一件沉重事。六年后她重入房市。但这时她发现原本可在市中心买房的钱现在只能买郊区同样面积的房了。好在这回她总算挑中了一套满意的二手房。临到付钱时却又犹豫了：这些日子都在传言房价虚高已快到拐点，我在高位上买入，这亏不就大了！她决定还是等房市能看清眉目后再买。等她看清眉目时房价已开始了新一轮上涨，她看中的那套房早被后来者"先下手为强"了。

　　有一次在房展会上她和一位陌生的购房者聊起自己的购房史。对方问："你买房是投资还是自住？"她说："当然是自住呀。"对方说："既是自住，你考虑什么拐点不拐点的，心理价位到了，买就是了！"

　　她缄口无言。

医德为重

一位医学界泰斗不久前在走完九十多岁的人生后谢世，人们追忆这位人格高尚、学识渊博、医术精湛的老中医悬壶济世，治愈了成千上万的病人的同时，还带出了几十个活跃在今天医疗界的后起之秀，他们中不少也早已成为蜚声杏林的名医。关于这点，有人归结为老中医在医学界的声望决定了他有招到最好生源的条件，就像北大、清华总能网罗到各地的高考状元一样；有人归结为老中医的精心呵护、循循善诱、教育有方；还有人认为老医生的不保留、敢放手……

后来有人去问老中医的儿子，儿子摇摇头说：都不是。应该是重视选苗。但父亲选苗时最重视的是学生是否有爱心，不是大爱不成大医。他常说："一个良医医德上必须是高尚的，有对病人的深切的同情心，他就会想尽法子提高自己的技能。而在今天，要在智力方面找个达标的人反到不是件难事。"

"考试冠军"

不久前碰到一位曾是当年某地区高考状元的 X 君。X 君后来进了一所全国的知名大学，按他的爱好读了历史专业，硕士毕业进了一家名牌出版社。不过 X 君似乎没有用上专业，九年后当上个发行科的副主任。

久别重逢，那天我们聊了好多，后来不知怎的又聊起了这几十年间高考状元难成职场状元的新闻，我怕这个话题会刺激他，想回避，但晚了。

X 君说，没什么不好理解的，出现这类现象首先是我们对教育和人才的评判标准出了问题。其实我能成"状元"，并不是我比别人更聪明或者更勤奋，我不过是正好善于考试罢了，就像有的人比旁人更善于烹饪、有的人比旁人更善于下棋。

我说，那么就像烹饪冠军、棋类冠军一样，你是考试冠军？在他频频点头的时候我不忘添上一句："但不管怎样，能当上冠军总不是等闲之辈！"

想念，仅此而已

八旬高龄的林家夫妇做梦也没想到三十年前老邻居家的女儿欣欣会找上门来看望他们。林家的儿子回父母家得悉此事，马上警觉起来："她走时没说是为什么来的？"老父答："没有。她说自从动迁和我们分手后，一直挺想念我们的，这回通过派出所、居委，转了好多弯，才找上门来的。"问："她提东西来了？"答："是啊，莲心、桂圆、核桃一大堆，说是让我们补补身体。""她没提什么要求？或者有个暗示什么的？""没有，连个暗示都没有。"事情真的就"想念"这么简单吗？儿子回家时满腹狐疑。

一月后欣欣又来登门拜访，这回是带着礼品，还带着老公和女儿一起来的。至于"要求"压根儿没提。"这不正常啊，下回来她准会提，你们得有个思想准备。"儿子在电话里虽这么说，心里却打鼓：一个高级白领凭什么会求助于两个风烛残年、既无权又无钱的老人？

一个月过去了，三个月过去了，除节日的电话问候外欣欣从未提出过什么"要求"。半年又过去了……终于，林家儿子相信欣欣真的只是因为"想念"。

回绝对方

她想回绝男友,三个月了,她不想欺骗自己和对方——他们不合适。但如何开口呢?愁死人了!找什么样的理由说什么样的话才能既不伤害对方又不让他心存幻想?这些天她寝食不安、忧心忡忡。

有一天,介绍人意外地来找她。介绍人欲言又止,犹豫再三,开口了:"……小伙子要我捎个话,他说……他认为……其实你是个很优秀的姑娘,你完全可以……应该找个比他更好的男孩……不是你不好,而是不合适……"

她阻止介绍人继续唠叨下去,快步走出门外,深深地吸口气,再吐出来:嗨!早知道如此,我愁什么呀!

杂志的定价问题

杂志从原来五元的定价提高到六元后,陈主编一直后悔当初没在老板面前坚持不提价,市场调查和他的判断相同,大半年下来杂志因调价减少了一万的发行量,虽利润不降反升,但这样的情况对杂志的长远发展不利。在做明年计划时陈主编和老板终于为杂志的定价问题起了争执。

陈主编主张明年杂志坚决恢复到原来的五元一本,老板则发了狠话:"办杂志的其他事我都不过问,但六元的定价铁定了,不能退!"

归根结底老板的意旨是不能违背的,办公室主任给主编出主意:"既然六元是条红线咱就不去碰了,咱可以考虑立足于六元做些什么,例如是否可考虑把读者对象更多地指向公司白领?他们收入高,不在乎一元的提价,但他们追求品位,有他们的要求,这样在内容和形式可以做点改变,这样的改变对你来说不难,也许更顺你的心。"

后来事情还真的按办公室主任的意见去做了,还真的在第二年见效了。那年杂志的发行数填了上年一万的窟窿不算,又增了二万,而利润因定价没降更是大幅度地提高。

投读者所好

不知从什么时候起图书的品种已从几万种飙升到了二十多万种,其直接后果就是供大于求。供大于求了竞争就激烈,竞争一激烈读者就有了更多的选择,有更多选择的结果是出版社常常要投读者所好,投读者所好出版社就少了对读者的引导,多了对读者的顺应。

所以我们看到的极端的例子是:即使儿童读物,出版社也得听从孩子们的使唤。就像家里那些阅历丰富、见多识广的大人们在宠坏了的孩子面前,一个个都装傻似的,围着这些不懂事的孩子唯命是从。孩子不吃蔬菜,你只得管他每天三顿以荤为主;他要吃麦当劳,你明知炸土豆条常吃并不利于健康,但还得顺着他的性。

不论是家庭还是社会,有些理总是相通的。

追 求 完 美

一个正在修复中的寺庙。

负责工程监理的法师在施工现场对两尊木雕佛像的顶部刻工粗糙而大发雷霆,两个惊恐万状的工匠都一脸的不解:"我们已经刻得够用心、细致的了,佛像的顶部吗?那是永远没人能看到的部位,刻得再仔细也是白费劲呀!"

监理说:"没人看见吗?佛就能看见!还不快给我返工!"

监理又走到另一个工匠跟前,后者正在一丝不苟地雕刻一尊佛像顶部的发丝。监理好奇地问他:"你们是一起的,你怎么就没因为佛顶没人看到而敷衍了事呢?"

"也许是因为我生来追求完美,不管什么部位,没刻到尽善尽美心里就会不安。佛像顶部没人看到,但我照常认真雕刻,我追求的是心灵的平静。"

监理后来向方丈汇报此事。胡子已花白的方丈若有所思地说:"依我看,这位师傅也许比你我都要更早地悟道。"

既没早到又没迟到

一对青年夫妇一路狂奔还是没有赶上缓缓驶离码头的渡轮。

"你看你,出门前总是磨磨蹭蹭的,这回就晚了一步,我们要少玩整整半个小时!"丈夫说。这儿每班渡轮间隔30分钟。

"都是你,催命似的,要不我还来得及在家化个妆呢,根本没必要在这里苦等半小时!"妻子也在埋怨。

旁边一位同样在等下一班渡轮的老人悠悠地插嘴:"你们也是去旅游的吧?那么你们既没早到又没迟到,你们正好在旅游途中。"

青年夫妇不解,相视无语。

"不懂吗?不就是旅游吗?不就是玩吗?"老人哈哈大笑着走开去。

公司要减薪

一家开张不久的软件开发公司尽管前途看好,但眼下资金紧缺,捉襟见肘。公司老板和他的财务主管正在商量最棘手的一件事:给所有的人减薪。事情明摆着,公司没有办法维持高薪,但因此会造成大量的人才流失。

他们的谈话是在一个足球场的空旷的观众席上。老板指着眼前一群汗流浃背在足球场奔逐踢球的年轻人对财务主管说:"对于职业球员的打球动力,人们总喜欢往名利上去想,其实首要的还是他们把打球视作乐意而为的事。没有由这种乐趣产生的激情,很难想象这群年轻人会愿意在这个摄氏37度的高温下和对手打得难分难解。"

"说得好!"财务主管有点动情了,"新的工资定下后,发工资时我要和每个员工都传达你刚才说的话。"

"还要告诉他们公司的前景,一旦财务情况好转我会对每个留下来的员工加薪。"

后来公司减薪,果然一个人也没走。

"麻烦"人家也是一种交流

她和本单位医务室的退休职工陆医生是那种"点头朋友"。后来成了同一小区的邻居后她会偶尔麻烦陆医生给她年老体弱的婆婆开个方子、打打针什么的。每逢这时,她总是千恩万谢。她很怕麻烦人家多了人家会感觉烦,怕以后最需要麻烦她的时候就无法开口了。尽管每次麻烦陆医生后陆医生总会说,以后有事就找她,别客气。但她总是更多地把这话理解成那是人家的客气话。

自从婆婆股骨颈骨折长期卧床后她实在没有办法,有一段时间用她自己的话说是"厚着脸皮几乎天天麻烦陆医生"。在这过程中她发现常年退休在家无所事事的陆医生从为她婆婆治病中找到乐趣,还得知她和陆医生竟同是京剧发烧友,她们各自的女儿竟在澳洲同一所大学留学。现在她俩碰在一起,有讲不完的话,俨然成了一对亲姐妹。

原来她怕麻烦人家会影响交情,现在才知"麻烦"人家也是一种交流,更多的情况下只会增进交情。

手机

手机刚出现时,它体现了持有人的身价。由于价格不菲,经常可以看到一些先富起来的人不在安静的场所,倒喜欢在车水马龙的地方拉开嗓门打手机,以显示自己拥有手机的优越感,成为当时的街头一景。

后来手机价格跳水,上班族也都用上了手机,"街头一景"很快消失。只有持高档手机的常常在地铁里似有意无意地在周围的"观众"面前摆弄一番。

后来手机发展到几乎人手一机,不持有手机也成为一种时髦或者身价。

别人的自尊和自己的声誉

不知怎的有一次一位青年朋友在我面前聊起了他的继母。他说,当时他们家经济不宽裕,他的亲舅舅可怜他们,上门时总会带些好吃的糕饼。养母每次吃这些糕饼时总会唠唠叨叨地说:"得把这些东西吃了,否则时间一长会变质。"这样的次数多了,他忍不住说:"要吃就吃呗,为什么要给自己找这样的借口呢?"——他鄙视她。

这时我很想和他说说我的母亲,但忍住了,没说。

我的已故母亲正好和他继母相反,她总是喜欢接济街坊的贫困户。每次给那些穷邻居送去日常用品时,她也是唠唠叨叨地说,她说自己家这东西如何如何的多,放着也没用,还占着地方。她难道不怕人家真的误会是拿自己多余的东西送人情?她情愿这样,她把保护别人的自尊比维护自己的声誉看得更重。

走笔至此,忽然有一种悲悯的情绪涌上心头……

差别在于填写与不填写

甲乙两人都是品学兼优的同一所高校毕业生,都向一家著名公司求职。笔试、面试一路过关斩将后,一百个应聘者中就剩下他俩。按这次招聘要求,须在两人中确定唯一的招聘人选。两人实力相当,不分伯仲,公司的人力资源部主任斟酌再三无法定夺,只好把难题上交给了总经理。

总经理听了汇报,看了材料,一时也没了主意。后来再看材料,这次是翻看履历表中的"兴趣爱好"一栏。他发现甲爱好桥牌,与自己兴趣爱好相同,于是大笔一挥将甲选中。

乙后来得知此事,大为后悔。因乙毕业前一直是该校桥牌队的主力,而甲的桥牌水平远不如乙,乙只是没在履历表上填写而已。

多也不好

一年一度的报刊征订又开始了,今年老 X 决定停掉《××晨报》,保留原来订的三份报纸。老 X 的外甥叫起来:"舅舅,其他的报您不停,怎么反把价廉量大的《××晨报》停了呢?"

"就是因为它每天的内容太多,量太大,叫人不堪负担。"

"那您不能挑选着看?多总比少好啊!"

"多,不一定讨巧。也许这份报纸的办报人认为,我多好啊,我多为读者的利益着想,同样每月三十元,我比其他任何报纸的篇幅更多。但我不领这个情,你每天扔给我这么多信息,就像把一大筐混着焦皮烂根的青菜揉在我面前,我还得花一大堆时间去拣菜!何况我根本吃不了那么多菜,我只是想尝鲜,有一大把就足够了。"

新城区的红绿灯

这儿刚刚在形成一个新城区,新筑的六车道马路因行人车辆极少显得特别宽阔。那时十字路口还没设置红绿灯。因为知道没有红绿灯,人们穿马路时都会左顾右盼,把安全责任全担在自己肩上,因此这里从未发生过交通事故。

后来这里的十字路口设置了红绿灯。有了红绿灯行人就很自然地把安全问题交给了红绿灯,不再小心翼翼、瞻前顾后。而另有一部分人则认为,这里老半天才会有一辆机动车经过,闯红灯就成了这些人的家常便饭。司机们也发生了变化,没红绿灯时他们小心驾驶,唯恐有意外出现。自从有了红绿灯,他们中的有些人就一概唯绿灯是行,而不太在乎是否有行人不按红绿灯行走。

于是当那些闯红灯的人与警惕性不高的司机相遇时就常常会出现悲剧,这里成了交通事故频发地段。直至数年后这里成为"成熟"地带,行人和车辆都像老城区一样多了,交通事故才逐渐绝迹。

婚姻硬是糊涂的产物

有一次本小区的楼组长王阿姨对我说,子女的婚事要抓紧,女孩一过二十五岁,男孩过了二十七八,一不留神就成了"剩男剩女",到那时就像过了火候的老牛肉,怎么煮也煮不烂了。

这时张阿姨插进嘴来:"按理说社会上那么多剩男剩女,大家都降低一下要求,不都能找到对象了吗?"

王阿姨说:"没那么简单,社会不是少了男人,也不是少了女人,关键在于男孩、女孩年龄一大思想就成熟,思想一成熟看人看事就清楚。这婚姻硬是糊涂的产物,头脑一清楚,还有理想的对象吗?"

我对张阿姨连声说:"高!高见!"

不会有失落感

年届六秩的陈主编刚到退休年龄就让自己彻底退休,在原单位不留任何工作的"尾巴"。

很长时间没见老主编来编辑部造访,老部下小刘有一次小心翼翼地打去电话:"陈主编,您好吗？没事吧？"

"很好、很好,你是怕我一下子闲下来憋出了病是吗？"

"不,不,我知道陈主编是个文化人,精神世界丰富着呢！估计您现在不会比上班时闲多少的。"

"是啊,退休了正好可以干些自己喜欢而上班时没时间干的事,像书画、音乐……"

小刘松了口气,讲话也像陈主编在编辑部时那样随便了:"没了那些阿谀逢迎的作者、广告商不感觉失落吗？"

"哈哈,好小子,我知道你要问这个问题！告诉你吧,退休前我就想过了,不论哪种领导,在位时的荣华富贵只是短期的特异状态,退休则是恢复到他的长期的原来状态、正常状态,退休就是过正常人的生活。懂得了这点就不会有失落感了！"

头脑里只装别人的知识

某作家的国学专著出版后如在沉寂多时的湖面扔下一颗炸弹,掀起巨澜。该书因颠覆两千多年来对《老子》的传统注释而使学术界震惊。

我碰到一位专攻中国古典哲学的博士生,问起在该专著问世前是否也曾对传统的《老子》研究产生过疑问,这位中国哲学史权威的高足坦承"没有"。他说:"你想想,我们要熟读中国大量的典籍,要熟读两千年的历史长河中所有大学者对这些经典的理解和由此阐发的学术思想,吃透历代学人的各种学术见解都来不及,哪有那么多精力去提出疑问?"

是啊,天天苦读大师、师长们的学术思想,你要跟上他们的思想都困难;头脑中只装别人的知识,你自己的智慧怎么出来?难怪写出这本专著的是个自称"门外汉"的作家。

减肥

在公司里,她感觉那个叫俊的帅哥一直在注意着自己。他真的会喜欢上我?她脸红、心跳,但望着镜子中胖乎乎的自己又连连叹气。她发誓要用最快的速度减肥:素食为主、不吃肉类、拒绝甜点和一切含糖饮料……呵,还真管用!三月下来她整整瘦了二十斤。有一天俊走过来,吃惊地盯着她说:"你瘦了好多,脸色也不太好啊……""我减肥了!""为什么要减肥呢?你以前多漂亮:丰满、窈窕……"

她一下傻了眼。

从此,她该吃的吃、该喝的喝!

谢顶

大凡谢顶又比较在乎仪表的人,不外乎有两种处理办法:一是把所剩无几的头发小心翼翼地从秃顶上绕过,尽可能多地遮掩脱发区域;二是干脆剃个光头,让人无法分辨究竟是无可奈何的秃发,还是有意为之的新潮发型。结果,前者往往欲盖弥彰,后者却能鱼目混珠。

世事无常

那时在我上下班经过的一条街道上新开了家卖羊毛衫、羊绒披肩的商店,因店面就开在路边,里面的货物的样式新颖、色彩又好,经常是顾客盈门。高高挂在店门口的艳丽的羊绒披肩排成一排,引人注目。我喜欢其中的那件玫瑰红的披肩,想象中如让我的外甥女披上一定很漂亮,外甥女下月就要办喜事,我想买下后送给她作为结婚礼物。

我这人办事就喜欢拖拉,从店主那儿得知这类货备货不少,想着外甥女的婚期还有两星期,临近结婚再买也不迟时就把这事给拖下了。每天上下班都能看到的披肩容易造成错觉,好像这它离我很近,随时伸手可得;而天天看着这店家生意红火,根本就没想到过它在短期内会有变数。

变数就出现在外甥女结婚的前两天、我正要去买披肩的那个星期一。昔日的羊毛衫、披肩连同川流不息的顾客在一夜间消失,店面已换作销售文房四宝。我向新店主打听,才知原店主因破产把店面转让给了前者。如果说这件事曾给过我不小的震动的话,那么四个月后这条街被整体拆除改建步行街时我已波澜不惊了。

世事无常。我可以做到自己的事早早纳入计划,但没法把握对方的计划以及周围因素的变化。甚至自己的计划也可能因始料不及的原因而被改变。

找保姆

她到附近的保姆介绍所去找个保姆。介绍所的李阿姨对她说:"我们这儿的保姆都很能干,你看,小吕擅长家务,老陈烧得一手好菜,大刘能干力气活。只有小张刚从乡下出来,刚干保姆这行,没有看出有什么特长,不过这些人中就数她最有爱心。"

"那好,我就要小张了。"她指了指一旁有点羞涩的女孩说。

"可人家刚来不久,侍候躺在床上的老人,能行吗?到时候不要找我算账噢!"

"不会的,一个人只要有爱心什么都能学会。"她说着把嘴凑近李阿姨的耳边,"而且看得出这姑娘人也不笨。"

被平移的古民居

　　一幢在这个城市很有名气的明代古民居平移一百多米,在新处落地,得以完全按原貌保留,当然原来在它周围的年代没有它久远的大量民居就没有它幸运,被全部拆除。未来第一条地铁的一个车站将建在这里。

　　古民居平移成功的新闻引来无数市民好奇的目光,但人们在这幢昔日很熟悉的建筑前傻了眼。是它吗?没错。但真是它吗?又觉得不像。哦,它周围的环境变了。

　　你看,原来在漫长的岁月中陪伴着它、衬托着它,和它相映成趣的四周的民居都不在了;曾经和它朝夕相处的居民,以及伴随这些居民的日常生活的器物、市声都消失了。与它共存的该处特有的历史风貌丧失殆尽。它像是一条丧家之犬,无力地趴在一个陌生的地方,没了原有的精、气、神;它是真实的,又是不真实的;它是科学技术的进步,却是文物保护的遗憾。

不合时宜的"畅销书"

R国的新首相上台伊始，M君刚好写成一部关于新首相的传记。这本书其实是M君多年的研究成果，赶在这时候定稿纯粹是个巧合。出版社看准了这本书的商机，催着M君赶快交稿，并许诺将开出最优厚的稿酬，当时社会上还没有一本新首相的传记。

交稿前M君犹豫了：稿子中的一些人物资料还得充实。两个月后眼看可以交稿了，但个别的史料还须核实。核实完了，没有发现差错，但时间又过去了一个月。正式交稿前M君又犹豫了。这回他感觉书稿中的个别文字有些拖沓，最好做进一步的删改与润色。

等到这些工作都做完，M君终于可以心安理得地向出版社交稿时，出版社却有新的看法了。这时社会上已流行新首相的五本传记。读者很难再提起读第六本传记的动力——尽管这第六本比前五本写得更好。于是，发行部门不再把这本书作为畅销书来重点推广。书刚出版，又碰上这位"短命"的新首相闹下台。结果，新书大量积压，只待日后化作纸浆。

地铁上的一个空位

他和一个女士同时上的地铁,同时发现里面的座位早已坐满——除了一个空位。一个小伙和一个姑娘站在空位边热烈地聊天,连看它一眼的兴趣都没有。推测这个空位"保留"已久,合理的解释是上面不是有脏物就是有水渍,不然不会这样空着。他懒得再朝空位前挪动半步。这时他身后的女士挤到他前面,不用说她也看到了那个空位,出于同样的推测,也停止了挪动。

地铁开行了两站,空位继续空着。他终于克制不住好奇心朝空位仔细地看了一眼,这一看才发现:原来空位处什么杂物脏物都没有。他兴奋地挤过去,一屁股坐下,周身舒坦。可惜发现得晚了下一站就得下车。等他刚离座,那位女士立马抢占了这个空位……

为何闯红灯

从地铁站 3 号口出来一二十米就是一个十字路口。每天上班时候,这里的红灯挡住了从地铁里出来的行色匆匆的人流,人流中大多是马路对面好几座大楼里的白领上班族。

人们发现这里红灯亮的时间特别长,长得你几乎失去耐心,于是你会时常看到,一些衣冠楚楚的先生、小姐也顾不得斯文,强穿马路,既险象环生,又造成拥堵。而且一人闯红灯,后面往往会跟上一人串。警告、罚款、增加交通协管员……都阻止不了闯红灯现象,这让交警伤透脑筋。

是他们素质低吗?是他们不要命吗?都不是。被处罚的行人说出了真相:他们受不了太长时间的等候。交警去请教专家。专家坦言,等待红灯转绿有个"最佳等待时距",德国人忍耐红灯的极限是60秒,英国人是45秒,而126秒的红灯时间明显过长。红绿灯间隔时间设计不合理是造成行人乱穿马路难解决的原因之一。

后来交警部门听从专家的意见,科学设计红灯转绿时间,人们等红灯的时间明显减少,闯红灯现象从此基本绝迹。

有电话机的办公桌

办公室新进了三个年轻的职工。安排座位时 A、B 都心照不宣地选择了没有电话机的办公桌。征求 C 的意见时，C 说我就坐有电话机的那张桌子吧。A、B 偷着乐：傻帽，你就整天给人接电话吧！

果然，正式上班的第一天 A、B 无所事事，C 却因接电话、叫人（又不熟悉人）忙得不可开交。部门经理觉得不该难为新来的年轻人，准备给 C 重新换座位。C 却谢绝说，没事。三个月下来，C 对周围的同事熟悉了，业务间隙接电话、叫人显得游刃有余，更可贵的是通过接电话融洽了和同事关系的同时，间接获得了不少业务信息，扩展了和外界的人脉关系。

半年下来 C 业务大有长进。一年下来 C 的职位提升，他直接管理的员工中正好就有 A 和 B。

风景不老

老P夫妇俩散步时遇见了几年前的老邻居。后者告诉老夫妇，她刚旅游回来。老夫妇得知老邻居去的是一个著名风景区时，不禁露出了羡慕的神色。老邻居说，靠近你们家的森林公园不就是个著名风景区？你们天天都在享受风景，值得羡慕我吗？老夫妇大笑，说天天都在"风景"里，早没了享受风景的感觉，就像我们天天看对方的老脸，看了几十年早没了激情一样。

回家的路上老P对老伴说，老邻居说得对，那年我们不就是看中这里的风景好才把家搬这里的。如今，不经她提醒还真忘了我们一直生活在优美的风景中。

从此，每次进公园，他都努力去发现那里的美。这么一努力还真的发现了美。那些熟视无睹的小草、树木、花卉在不同的季节、不同的气候条件下每一天都是不一样的。它们的色彩在不同的光照条件下更是变幻莫测。即使是一样的太阳在不同的天气里也变得千差万别。老P惊叹：我们周围的风景从来就不曾一成不变，也就从来不曾缺少新奇的美和吸引人的魅力，是我们衰老的心灵凝固了眼前的风景！

香 粳 米

七十年代,他从南方转到北方的城市工作。那时物资匮乏,吃的除了面食就是粗粮,十天半月的才能吃上一顿米饭。若是吃到新米,那几乎就是奢侈了。从九十年代开始,吃米饭已不成问题,而且尽是新米,若想寻找隔年的陈米,反倒成了件难事。

有一次他在餐桌前对妻子说:"小时候我最喜欢吃家乡的香粳米,吃上香粳米,那才是神仙过的日子!""这有什么难办的?附近的超市里就能买到,还是刚上市的新米呢!"妻子一个电话,一百斤香粳米便送货上门了。当晚全家就美美地吃上了香粳米煮的大米饭。他边吃边惊呼:"香、香!好吃……好吃!"

一月后的一天,他一面吃饭,一面看电视。看到电视镜头里收割稻子的镜头,他问妻子:"什么时候我们再吃一顿香粳米?"妻子不胜诧异:"你真的不知道吗?我们天天都在吃香粳米、天天都在过神仙过的日子呀!"

"遥控器奴才"

最早时电视只有几个频道,我们每次认准了一个自己喜欢的频道,把节目从头看到底,可以美美地享受一个晚上。

自从电视频道增加到十几个、几十个、上百个时,我们在接受充分占有的快感的同时也有了过多选择的烦恼。看看吧:我们一个晚上是在手持遥控器不断地改换频道中过去的。我们总是对节目充满了期待,因而总是对眼下的节目不是厌恶就是失望,我们往往在一个频道面前舍不得多停留一分钟,为的是有更多的时间去选择更喜欢的节目。但事实上我们很难找到最喜欢的节目,因而我们一直在选择,选择成为看电视的常态,真正静下心来欣赏节目的时间反而越来越少。直至我们失望之极,愤愤地关掉电视,我们才从"遥控器奴才"的身份中解脱出来。

地铁口的"收报人"

她显然属贫困阶层，不知什么时候起当起了"收报人"：在每天上班高峰段守在地铁出口处，收取乘客手中阅读过的一种免费发送的信息报，用来换钱，补贴家用。每次从出站的乘客手里收取报纸时，她会满脸堆笑地双手接过，道声"谢谢！"对每个人如此，每时每刻如此，天天如此。而且那笑永远发自内心，那"谢谢"永远是那么真诚。我开始时想，她何必这么认真呢，在这地铁口像她这样的"收报人"不止她一个，其他人都没有像她那样的。不就是收取别人留着也是累赘的废报纸吗？举手之劳，人们不在乎你的一个笑容、一声道谢，他们在决定把手里的报纸给谁时是很随意的。

但时间久了我发现她的"人气"越来越旺，很多人都喜欢把报纸送到她的手中，有的人甚至情愿多走几步送给她而不愿送给其他"收报人"。其他的"收报人"注意到了这点，很强势地挡在她前面，她则谦卑地照样站在原地。不少人似乎意识到了什么，有意绕过别的"收报人"，把报纸塞到她的手里。她照例满脸堆笑地双手接过，道声"谢谢！"所以任何时候她收到的报纸总是比别人多。

我一直记不住其他"收报人"的面孔，因为他们往往来了不久待不住了，很快又走了。却记住了这位一直站在地铁口老地方不曾离去一天的老人，她真诚的笑脸和永远挂在嘴边的"谢谢"。

空姐的美

一家航空公司招考空姐，在相貌关上刷下了三个候选人。这三个姑娘一个比一个气质高贵、典雅，是属于那种很"酷"的女孩。她们栽在其他关上都可以理解，偏偏是因为相貌落选，让旁观者大跌眼镜。

有不平者找到招考的主管。主管解释道，落选的三个女孩确实相貌、气质都很出众，以她们的相貌、气质当服装模特也许非常合适；但我们招收的是客机上的乘务员，需要那种脸部轮廓柔和，能使乘客感受到亲切的美，而不是那种拒人于千里之外、带有高傲的"酷"。

还有一层意思他没说，是回家后在枕边和老婆说的："你想，招来这种很'酷'的女孩，我得像其他女孩一样地花本钱培训她。正式工作了，她一亮相，没准不到一月就让人挖走高就。即使没走成，她也很快明白了自己相貌的价值。手脚不会像其他人利索，笑容不会像其他人发自内心，待人也不会像其他人那样体贴周到。说不定机长还得顺着她的性子赔笑脸，周围的人还得看她的脸色行事。到那时，我就准备吃不了兜着走了！"

两个不一样的乞丐

从马路的天桥一台阶一台阶地往下走,能看到靠近路面的那几级有个男乞丐,衣衫褴褛,貌似脚有残疾,半倚半躺在台阶上。他显然有意将自己的身子伸展开,占据了台阶宽度的一半还多,目的很明确:让行人因行走不便而注意到自己,进而予以施舍。

往下几个台阶上坐着的是个怀抱婴儿的女乞丐,她谦卑地低着头,让齐耳短发遮住半边脸,瘦小的身子贴紧栏杆,给台阶腾出更多的宽度,以免影响行人行走。两个乞丐面前都有个盛钱的碗,当我把一个捏在手心里的一元硬币投进女乞丐的碗里时发现那里的硬币几乎已盛满,回头看投在男乞丐碗里的钱币却寥寥无几。

我想,同样是施舍,人们更愿意施舍给一个懂道理、能为他人着想的人。

旅游机会的丧失

公司组织员工一年一次的旅游到现在已有五个年头了,老X一次也没去。在旅游地的选择上老X从来就不含糊:有山少水的地方不去,有水少山的地方不去,没有游乐园少了美食街的不去。这些条件都具备了,但旅途艰苦、气候不宜、交通不便也不去。当然,不去,属于老X的旅游经费还给留着,这点是老X对自己最好的安慰:不去也好,留着积攒起更多的钱将来可以去花费更多的地方旅游,例如新疆、西藏。每当听同事旅游回来兴奋地谈论旅游观感和旅途趣事时老X也并非一概不动心,但他相信未来,未来会有一次更理想的旅游等着他。五年很快就过去了,老X心目中最理想的旅游一次都没有出现。

但是一次次丧失的机会并不会像旅游经费那样积累起来,机会丧失一次就是一次,连带着的是时光的流逝、社会的变迁、心境的转移、身体的变化……这些话不是我想出来的,是老X悟出来的——他刚被检查出得了冠心病,并被医生告知以后不能去海拔三千米以上高度的地方旅游。老X惴惴地追问一句:"西藏也不能去了?"医生反问一句:西藏还有低于海拔三千米的地方吗?老X一下觉得很郁闷。

专家门诊和普通门诊

这些年来,看病找专家成了病家的共识。想想吧,同样是上医院,同样是花钱看病,我为什么不找专家?专家门诊收费高?才高了多少?与其让庸医误诊、乱开药造成的损失比究竟谁高了?这样一笔账谁都能算,所以挂专家门诊的病人越来越多。

挂专家门诊的多了,挂普通门诊的就少了,这和十年前的情况正好颠了个倒。那时多数病人挤在普通门诊室,而专家门诊室门可罗雀。

有一次,老B看专家排了三个小时的队还没进入诊室,而和他一起来的小C却已喜滋滋地过来和他打招呼了:"老B,你还在排啊?我连药都配好了!我挂的是普通门诊,三个医生,就我一个病人,小小的感冒咳嗽,被三个医生反复'会诊',被像爷儿那样侍候着。你想想,这些普通门诊的医生不过是比专家少了点资历,论医术并不比专家差多少,而专家们可是一天要应付上百个病人啊,想认真看病也难……""别说了!"老B打断了他的话——那个纠结啊!

一句鼓励的话

　　朋友的女儿是一家旅行社的副总。讲一口纯正流利的英语，语调还特别优美。有一回我忍不住问她，在哪里学的英语？"叔叔，您一定以为我是出过国留过洋的是吧？其实我至今还没走出过国门一步，所有的英语、包括口语全都是在国内学的。"然后她告诉我小时候的一件事。

　　那天家里来了一个美籍华人，是妈妈的朋友。正在读小学的她用刚学会的几句英语和这位阿姨打招呼。阿姨高兴地用英语应答，还轻轻拍着她的小脑袋说："你讲的英语真好听！""'真好听'是什么意思？是指讲得标准吗？还不止，还在说我讲的语调也好，是吗？"阿姨走后，她问妈妈。妈妈正忙着其他事，心不在焉地应付道："是的，宝贝。"从此阿姨那句评价的话伴随着她的整个学生时代。

　　十年后，当年的美籍华人阿姨重访她家，对她的英语水平之高大为吃惊。问她母亲跟谁学的。母亲打趣地说："不知道吗？跟你学的呀！你的一句鼓励的话成就了她的全部英语学习。"阿姨了解情况后惊诧地说："那时我第一次回中国，我对任何一个只要是开口说英语的都说这句鼓励的话！"

谈不上高尚

一辆拖拉机的右前轮开进了路边的水沟,从后面拖斗里弹出的七八个货物箱占满了这条机耕路。不久后面开来一辆面包车,停住,走出来的是司机。他察看了一下现场,二话没说就和拖拉机驾驶员一起把这七八个箱子抬上拖斗。

箱子挺重,如果靠一人肯定难以搬动,拖拉机驾驶员递过一支烟,对这位助人为乐的陌生人连连称谢,还说:"要不是您帮忙我肯定赶不回家。"面包车司机显然是个话不多的人,"闷"了很久说了一句话:"我没你说的那么高尚!我也得赶回家呀,你那些货挡着路,我能走吗?"

幸福指数不同

小丁春节回老家,问起同一年进城打工的同学小严现在怎样了。小严的父亲说还不错,开始在建筑工地做小工,后来送水,现在搞电脑修理了。收入也就两千多元。小丁告诉小严父亲,自己现在开出租车,收入也是两千多、三千不到。

小严父亲说:"不错,你们干得都不错,收入也差不多。"

小丁说:"不,差多了。您想,小严高中时就对电脑入迷,课外时间喜欢捣鼓电脑,现在让他修理电脑,他一定快乐着呢。我呢?从小就晕车,现在不晕车了,但对喝汽油的车还是没有好感。同样的收入,我们的幸福指数差远了!"

睡 衣 上 街

上海市民中喜欢穿睡衣上街的习俗由来已久,可能和生存条件、生活习惯,以及穿着人的个性有关。存在的总会有它的合理性,依我看其舒适和便利的优势十分明显。后来不知怎的此街头一"景"成了舆论的讨伐对象,被讥为"陋习"、"素质差"等等。这样原本有此习惯爱好的赶快收敛,免得沦为"低素质"一族。所以当我在人群中看到穿睡衣的老邻居阿三正摇头晃脑地走在街头时不禁暗暗吃惊。

"看到我这身睡衣你吃惊了?"阿三也看到了我,还是一副大大咧咧的样子。

"哪里哪里,鲜艳,好看!"

"不要嘲我了。我是存心把睡衣穿上大街让人看看的。为什么外国人在上海这块土地上看不惯穿睡衣上街,不去改变自己的观念,适应异地的民俗民风,却反而要我们改变自己去适应他们的眼球?刚才一个外国摄影师拍下了我这身'行头',说是要回去后给他搞服装设计的朋友激发灵感,还说'希望能被世界接受,如果每个公司都允许在办公场所穿睡衣,这个世界将会增添多少幸福快乐的员工!'——你看,人家也是外国人。"

从海量的"剪报"中解脱

　　一年前老Q退休后迷上了"网上剪报"——和传统剪报一样,挑选自己认为重要(需要)的网文下载,然后分门别类保存在各个文件夹内。

　　现在的剪报和以前剪刀加糨糊式的剪报简直不可同日而语,现在老Q不再像以前那样仔细读过报纸,经过挑选,然后再动剪刀,那时是出于对有限的时间精力、信息资料以及剪贴材料的珍惜,那时是因为"少";现在却是"多",网上海量的信息多得使他顾不上细读文章,还没搞清内容优劣、有否价值就先下载下来再说——"多"助长了人性的贪婪和奢侈。

　　"多"带给老Q的是新的麻烦。很快,老Q的那些文件夹里一个个都积起了几十万、上百万字的"剪报"。那还是剪报吗?信息的无序、庞杂,文字的繁缛、芜秽不谈,你真要找个资料什么的还不是海底捞针?

　　后来,老Q在想:是否应在这些大量的"剪报"的基础上再做一次"剪报",以便从这海量的"剪报"中解脱出来?

外语难过关

一位朋友说:"改革开放三十多年来外语在各类教学中被摆在至高无上的地位,高考、考研、职称考……哪个考试离得开外语?但看看周边,真正外语过关的又有几个?是否学习方法有问题?"

另一个朋友说:"是呀,外语是工具,电脑也是工具,电脑不参加高考,但你看电脑的普及率有多高?男女老少,高学历的、低学历的都会使用电脑。"

第三个朋友说:"电脑能普及是因为电脑是要用的,外语难普及是因为真正用上外语的时候不多,真的需要了,还愁学不好吗?"

这话还真有几分道理。那年我们去越南的下龙湾,看到在那里旅游的中国人占了大多数,所以在那里卖旅游商品的越南人的中国话个个讲得流利。

偷　拍

那天我到了郊外的一个集镇,一直听说那里的民风淳朴,居民生活还保留着现代社会少有的恬淡和闲适,故一直对其向而往之。

镇上的一切果然深深地吸引着我。眼前一对衣着简朴的老妇人站在一座石桥上,操着当地的土话谈笑风生。我很喜欢这样的场景,赶紧举起相机,快速从几个不同的角度拍下照片。这时,其中的一个老妇发现我在拍照,并提醒了另一个,她们惊讶的目光转向我:"你在拍照?你拍我们了?"

我的窘迫一定全写在脸上了,迅速想到的是"偷拍"、"隐私"、"肖像权"等词汇。

"对不起,我是拍这座石桥时不小心把你们拍进去的。"我作这样的解释自己也觉得脸红。

"啊呀呀,还是拍进去了!"两老妇大声地笑着,竟还显出几分忸怩。

她们中的一个对另一个说:"我不知道这位同志在拍照呢!你看我头发是不是很乱?"另一个说:"哎呀呀,你看我这一身打扮,六十年代的老贫农。"然后两人笑作一团。

我松了口气,连声说:"对不起!对不起!"她们一定认为这"对不起"也有点无厘头,又是一阵大笑。

网　恋

　　爷爷听说孙儿是通过上网找到的对象,心里总是不踏实。这虚拟的网络是怎么把内地和澳门分隔千里的两个男女牵在一起的姑且不谈,那天天出现在晚报社会版上形形色色令人心惊肉跳的网络诈骗案总不会是假的吧。

　　直到一个活生生的矜持而开朗的澳门女孩与孙儿牵着手恩恩爱爱地出现在爷爷面前时,爷爷才真的相信网上也有爱情,网上也能找到婚姻。

　　爷爷仍然有点不信。有一天,他悄悄地问儿子,除了孙儿,网上成功的是否不多?儿子不耐烦地说:"爸,你一定受媒体的影响太深。各种媒体都要找新闻,平常事成不了新闻,出奇的事才是新闻。网恋成功的多得是,上当受骗才是千里挑一。你是搞新闻出身的,应该懂这个道理,网恋已经被彻底妖魔化了。"

　　爷爷笑了——退休前他是一家小报的记者,专找社会八卦。

悠 着 点

他是个工作狂,每次一个设计任务下来,就像被人追逐着似的,没日没夜地干。这回还是这样,老板没给时间,他自己要求自己赶着春节前完工。瞧,真的累坏了,大年三十被救护车送进了医院。

在住院治病的几天内,同病房的病友同情地问:"你怎么会把自己累成这个样子?"

他坦言:"每当任务来了,我会告诉自己:加紧干,等完成了这个任务彻底休息,享受一段闲适的生活。但是任务总是接连不断,而休闲的日子从来就没有光顾过我。"

病友对他说:"你这就不对了,这辈子老板给你的任务是永远不会少的,干活永远是常态。与其想以后有一段闲适的生活等着你,还不如工作时忙里偷闲。干活是马拉松,不是百米赛,小青年,悠着点。"

病友是个中年人,显然是过来人,即便是讲话,也是悠悠的。

无知者无畏

老 C 已是快到退休的人了，喜欢在年轻人面前吹嘘自己的经历。这回和我们谈的是他和同学"文革"期间步行上井冈山时的经历。

那天老 C 他们行进在一条山间小道上，老 C 手里提一根手杖，走在队伍的最前面。突然前面一阵草动，四、五米处一条蛇竖起半个身子拦住队伍，老 C 一下回过神来，不及细想对着蛇拦腰就是一杖将它打倒在地，后面的同学上来一阵痛打，把蛇打死。后来队伍到了宁冈，那里正好有个蛇展，他们参观后才知，刚才打死的竟是条人们谈虎色变的眼镜蛇！

我们问老 C："你打蛇时真的不怕？"

老 C 说："不怕，不知道是眼镜蛇，所以一点都不怕。"

正巧那天我和老 C 一起走过一个菜市场，突然见一条一米多长的大蛇横在我们面前，我吓了一跳，仔细看才知是一条从卖蛇人手里逃出的青蛸蛇。再看身边的老 C 早已逃之夭夭。

我赶上老 C："一条青蛸蛇就把你吓成这样？哪像是当年的打蛇英雄啊？"老 C 有点窘迫："我怎么看上去是条眼镜蛇呢？哦，眼睛老花了……那时是年轻无知，'无知者无畏'嘛！"

"自 己 拿"

菜场大门外的一角总看到一个卖菜的老年农妇。她总是口口声声地对眼前的顾客说："我眼睛老花，看不清秤星，你们要买多少自己拿，多拿了点没关系的，自己田里长的菜，无所谓的……"经她那么一吆喝，周围一下围上好几个买菜的。

既然卖主放下了姿态，买者也就自然放下了姿态，人和人之间的关系就这么微妙。大多数的顾客付了钱，随便抓一把菜就走人。原本斤斤计较的顾客这回也很爽气地成交。老农妇放在一旁的杆秤成了摆设，谁也没想过要用一下。不过半个小时，老农妇面前的两箩筐青菜即告售罄。

老农妇收摊准备回家，我忍不住问一句："这位老阿姨，您有没有核实过，这菜的数量到头来卖出的比实际的多了还是少了？"

"以前还去核实，但都是卖出的比实际的多。你想，一般人买菜一开口至少一斤，其实要不了那么多，多了拿回家最后还不是扔了？你让他们自己拿他们肯定往少里拿。现在根本就懒得去核实了。"

"我看你不像是真的看不清秤星。"

老农妇向我诡秘地一笑。

三两拨千斤

在众多的文摘报中有两份文摘报由于读者定位相同、内容相似、风格相近,甚至出刊日期也一样,因此竞争特别激烈。加篇幅、降价、送礼品……促销手段无所不用其极,但仍难分伯仲。

其间有个两报共同的作者把两报主编请在一起喝咖啡,他说:"你们两份报纸的质量都很好,但现在竞争双方都有点伤筋动骨了。避免恶性竞争的办法是把双方重叠的出版日期错开:这样相当数量的读者就会考虑两份报都订,而不必担心一天'吃'得太饱,第二天又无报可读的情况发生。"

真是三两拨千斤!两位主编都觉得有理,当场商定:一份报纸出刊日期不变,仍为每周的一、三、五,另一份报改为每周二、四、六出版。结果两报既满足了读者增加阅读量的需求,又双双增加了发行量,真正实现了双赢。

印上比不印强

妻下班时带回一袋糕饼类食品,其中有我喜欢的刀切蛋糕,我接过时还是热乎乎的。

"在我们单位旁新开的食品店买的,现场烘制,生意不错,还要排队呢。"

"是啊!还是放心食品呢!"

"谁说的?我可没说啊。"

"这包装袋不就印着'放心食品袋'吗?"

"那是他们的广告宣传,你会相信?"

"印上这几个字和不印这几个字肯定不同,印上给顾客有种心理安慰,那是文字的力量。而且印上,至少表明经营者重视食品安全,认为食品安全是今天的卖点,这肯定要比没有意识到这点的商家强。"

妻觉得我说的还有点道理。于是我们把几种食品都尝了尝,确实还不错,至少没有这类食品中常有的香精味儿。

"热点"难得

归国生物学博士 X 因就业问题寂寞了一阵子后突然蹿红。起因是他撰文对针灸疗效及科学性提出质疑,进而主张废除针灸。这阵子各路媒体还真找不到新闻热点,听说是一位归国洋博士、生物学权威颠覆几千年的国粹,这样的新闻怎能放过?于是刊出文章、组织专访、做客网站……为 X 加温。接着反对意见开始形成声势,有更多的媒体受众卷入争论。情绪激烈者甚至对 X 发出"出门当心点!"的威胁。

媒体是最早关注受众的阅读(视觉)疲劳的,在其主导下没过半年这场争论戛然而止。当人们搞不清这样一个关系到中华文化存费的大是大非的辩论何以草草收场时,有人发现 X 早已出版了一本关于 UFO 是否存在的专著。令人费解的是生物学博士何以俨然以天体物理学家的口吻对这个科学领域指手画脚?

但这不是重要的,重要的是 X 这回早已声名大振,他不愁没有众多的拥趸。而媒体又巴不得挑起一个新的热点。"UFO"遂引发新一轮热议。

新开张的鞋店

一个繁华的集镇上新开出一家鞋店。其实这里已经开设了三四家鞋店,后来者没有点新花样怕很难在这里立住脚。

新鞋店开张这天人们发现店内的货架特别多,因而摆出的鞋也特多。一般来说,开间不大的鞋店往往更注重定位,要么经营高档鞋,不经营中低档鞋;要么经营中低档鞋,不经营高档鞋。没有像这家店从贵至两三千元的意大利进口皮鞋,到中老年当作雨鞋穿的四五十元的人造革鞋各种价位的鞋都卖的。有人预言它要不了多久就会关门大吉。不料几天后人们眼睁睁地看着这家店的生意越来越好,每逢节假日顾客盈门到了摩肩接踵的地步。

后来人们终于看清了其中的奥秘:一般顾客都是在高档品与低档品的比较中直观地认识高档品物有所值在哪里、低档品价廉物美在哪里的。而高低档鞋品种多又增加了人气,顾客的购买行为之间是有"传染"性的,和更多的人在同一个购买环境中能起到相互影响、提升购买欲的效果。

理想的身高

在班上我询问了从1.65米到1.84米的男生。他们说，比起理想中的身高，自己长得太矮。接着我又走向1.85米以上的男生，他们告诉我，他们常常因为自己长得太高而自卑。我转而询问女生。身高从1.50米到1.65米的女生都为自己长得太矮而气馁。而1.65米以上的女生又为自己长得过高而忧心忡忡。

——全班五十个男女同学，竟没有一个认为自己的身高是理想的身高！

不怕得罪老板

这是一家处理图文设计排版的小公司,配备的还是十几年前的 PC 机,处理一般业务还可以,但要设计高精度的图片就无法胜任了。某天操作电脑的小 A 忍不住向老板提出该买台苹果机了,老板听说买苹果机连配件一起要花上不下十万元时立马回绝。小 A 没有坚持——什么人都能得罪,老板不能得罪。以后接到需要用苹果机的业务,小 A 只能外出借用别的公司的电脑做,工作效率大打折扣,而老板临时有任务时又常常找不到他。老板大为光火,一怒之下把小 A 炒了鱿鱼。

接替小 A 的小 B 不久也提出了买苹果机的要求,老板继续以苹果机太贵为由拒不购买。无奈小 B 三天两头地催着老板买,并晓之以理。老板尽管心里不爽,但也没理由再坚持不买了。小 B 用上苹果机后效率提高,也省下外借的费用,老板非常满意。这时的老板早已把小 B 坚持要买苹果机那两天内积下的怒气抛到九霄云外了。归根结底,老板看重的是工作实效。

小米的"胜利"

一个全国性的图书博览会在本市召开,一批来自各地出版社、杂志社、报社的编辑、记者都借此机会不约而同地看望自己的老师——一位教授、作家、学术泰斗。那天,在老师家的客厅里老师和昔日的同学会聚一堂、谈笑风生。学生们都有备而来,带来了高档的烟、酒、茶叶,当然他们也有使命,那就是向老师组稿。

但谈到写稿一事时老师一直不置可否。大家心里明白,老师年事已高,即使答应写稿,也不可能满足每个人的要求,这就看各人的运气了。

这时,客厅的门被轻轻推开,一个娇小的女孩进来,肩上扛一袋小米,气喘吁吁。女孩告诉老师和师兄、师姐,她是坐了一夜火车赶来的。小米是她父母亲手种的。

老师这时开口谈写稿的事了,他说得很动情:"这袋小米不贵,但不是公款买的;这袋小米是人力扛来的,带着心意;当年根据地的小米养育了我,小米联系着我特有的记忆。现在我一般不接受组稿了,但今天例外……"

这些聪明的师兄、师姐们已经知道结果了,一下都嚷开了:"老师,我们认输了!""师妹,你赢了!"

"低收入家庭"的人

由于他所在厂子的效益差,所以他五十岁就待退休在家,每月拿一千多元钱。不久老婆也退休,两人一下觉得收入少了许多,于是他们把自己定位在低收入家庭。

在家的日子,他俩也过得并不差,收入少了,但只要精打细算,满足基本的生活完全不成问题。所以两人会经常谈论哪里的超市哪种商品最便宜,什么时候菜场里面可以买到价廉物美的菜。他俩很少出门,因出门就要花费。也尽量不参加同学聚会等活动。

他俩并非一概拒绝社交,但走访亲友的对象必然是和他俩同属"低收入家庭"的人,这些人在一起时谈论的也大多是如何省着用钱等共同感兴趣的话题。只有和这些亲友在一起,他俩才感觉自在,能重新找回失落的自尊。于是同属一个圈子的人的兴趣、爱好、思维、观念更加趋同。

所以这个圈子的人也就更不愿意接受"富人朋友"的宴请,他们不愿占这个便宜,他们尤其不愿接受别人带着悲悯意味的施舍。由于他们缺少广泛的社会交往,他们的眼光变得短浅,他们的认识停滞不前,因此他们就更像"低收入家庭"的人。

高兴与不高兴

夏日的一天,我和同事驱车赶路。天气很热,气温至少在37℃以上。隔着车窗,远远看到一支十几人的自行车队,骑车人顶着烈日、汗流浃背,艰难地行进在热浪滚滚的马路上。

我们的车很快就把车队抛在后面。我对同事说,这大热天我们坐在有空调的车里也不感觉舒服,他们却是在太阳下骑车,还不知得骑多少路才能到目的地,真可怜啊!同事却不以为然:"你没看出他们是一支骑车的旅行团队吗?他们本来就是冲着吃苦来的,在烈日下骑车,也许正高兴着呢。倒是我们,虽然坐在舒适的轿车里,但是赶着去干一件并不乐意的事,该可怜的应该是我们啊!"

想到正要去参加一个不能不去的乏味的会议,我们苦涩地相视一笑。

左右为难

下午,小C在起点站上了公交车。车子一会儿左拐,一会儿右拐,这夏日的阳光也一会儿从车厢的左窗射进来,一会儿从右窗射进来。小C为了躲避烈日,也一会儿坐进左边的座位,一会儿坐进右边的座位。好在车上人少、空座多,足够他不断变换座位的。但后座的一位中年人看不下去了,说:"小伙子,别三心二意地瞎忙乎了,关键是认准大方向,你知道我们这辆车的大方向是什么?""朝南呗。""对,那你就安心坐在左边,左边肯定比右边少晒太阳。想两边都占便宜?累,也不现实,看着吧,下一站就会有大批的人上车,容不得你选座位了!"

陌生的朋友

在我的微信朋友圈里有好几个都是旅途认识的陌生的朋友,这并非巧合。

有一次,在从洛阳出差回上海的火车上,对座是个做服装生意的小老板。开始我并没有和他搭话的兴趣,一眼就可看出他不是我的"同道",但我们都感觉到了旅途的漫长和无聊,开始搭话。他很健谈,很快我们因谈得投机而彻底打开了话匣子。双方从各自的家史、成长史、创业史,一直谈到社会观感、人生感悟……路上十几个小时,我们滔滔不绝,到了无话不谈的地步。我们是陌生人?好极了,就因为陌生我们的谈话没有了任何顾忌,难得地放肆、难得地卸下面具、难得地让精神彻底放飞!要不是列车广播的提醒,我们不相信时间会过得如此飞快——终点站就要到了。

我们忽然都沉默下来,我知道他一定在想下车后进货的事了,因为我也已经在考虑明天如何向领导汇报工作了。我们一下子从天空回到了地面,重新戴上面具上阵。后来即使在匆忙互留电话、握手告别之时,双方也都没有再恢复之前的谈兴——但友谊留下了。

散　步

现在科学界公认的观点是步行是一种值得推广的简单、易行、安全的健身锻炼,对老年人尤其如此。

但人们在内心总是排斥、轻视这种锻炼方法,因为它太简单、太平常、太像普通人的日常生活。这与电视里天天播放的各种激烈的体育竞赛简直不能同日而语。散步不需要专门的场地、服装、器材、装备;散步也没有任何可看性和娱乐性,它无法竞技,无法计算成绩和奖牌;它不需健身教练,也与广告无涉。所以散步注定了是一种平平淡淡、不招人显眼的行为。散步又是个日久见人心的活儿,至少三个月到半年才对健康稍有感觉。

所以散步吸引不了追求奇迹、追求激烈、追求靓丽的人们,和人心浮躁、追求速效、急功近利的社会总有点格格不入。所以很多人听说它是一种运动时心底里在发笑。所以很多人情愿花几千元办个键身卡,开车去健身中心,或者花几百元买个球拍去高价的网球场打网球,而不会选择一分钱不花的散步。人们更倾向于认为健身锻炼就是呼吸急促、大汗淋漓。

所以,散步注定是个甘于寂寞、甘于平淡、持之以恒的运动,它的拥趸必然不多。但也总有这么一批践行者,在清晨的公园里,在暮色中的绿化区,散步,散步……

一角钱

在菜场买菜，付钱时若碰上九元九角我常常会付十元，然后对卖主说："不用找了。"如今这一角钱派不上用场，放口袋里还麻烦。但卖主会有点过意不去："那怎么行啊？"说着找一把葱一块姜往我的菜篮子里放。这点葱或姜要是单独买肯定不止一角钱，印象中每次我都是想吃点亏的，到头来非但不吃亏反而"赚了"，还换回一个好心情。

和卖主几次这么一来一往，双方本来就有点眼熟的，这回拉近了距离，下回就成"老熟人"了。

博客的点击率

大凡博主都希望自己的博客有尽可能多的点击率,以满足他们的表现欲和交流欲。博文题材的出奇制胜、标题的夺人眼球、煽情、搞笑、八卦……该用的手段都用到了,点击率仍寥寥无几。后来他们总算明白,最好的办法还是多访问博友的博客,你的访问量越多,你得到的回访也就越多,这与人际关系中你对别人付出的真情越多,获得的回报也越多是一样的道理。

给更好的东西

　　四岁的孩子你说他懂事吧,有点,你说他不懂事吧,还真不懂事。邻家四岁的孩子小强这回不知怎的把家里的西瓜刀拿在手里,正疯狂地玩耍。惊恐万状的大人们想着法子让孩子放下"凶器",不料大人们越紧张,就越能激起孩子的"人来疯"。小强干脆挥舞起刀子,满屋子地奔跑。

　　现在,要从孩子手里夺下刀子成了件难事,而劝导他放下刀子更非易事。正玩在兴头上的孩子天皇老子的话也听不进去。这时,还是孩子的叔叔想出了个办法。叔叔从别的孩子处借来一把玩具冲锋枪,冲着孩子说:"小强,你看叔叔拿的什么?哒哒哒哒……"孩子马上被冲锋枪所吸引,接过叔叔手里的冲锋枪,"哐当"一声,顺势把西瓜刀扔在一旁。

　　大人们这才深深地松了口气。从此一家人都记住了一个道理:要让人放弃一样好东西,就得给他更好的东西。

独 行 客

在随旅游团去 X 市旅游的火车站上,我遇到一个和我们同去 X 市旅游的"独行客",聊了几句,也算认识了。下火车后我们被旅行社安排去当地一家大饭店用餐。当我们坐进宽敞舒适的旅游车时,我瞥见"独行客"背着大行囊,啃着面包,正在向周围的人问路,我用近乎同情的目光看着"独行客"踽踽远去。在四星级酒店住下后,我又想到了"独行客",不知他是否已找到廉价的小客房,我从与"独行客"的对照中体会到了"幸福"的感受。

第二天,在某旅游点又邂逅了"独行客"。他告诉我,昨晚他只花十元钱就在一户农家住下,品尝了农家菜,还和主人聊了一晚上。现在他正要去一个历史遗址,准备在那儿细细看上半天。而这时我们正被导游催促着上车去"参观"一个工艺品商场。第三天,当我们被安排去一家指定的商店购买土特产时,"独行客"打我手机,兴奋地说他昨夜住在一个古村落,有幸听当地的歌王唱地道的民歌,还录了音。我开始羡慕"独行客"了。

现在轮到"独行客"用同情的眼光看我了,他说:"想舒舒服服地旅游就享受不到自由自在旅游的乐趣,天下事常常两者不可兼得。当然有人情愿被人安排着、指挥着旅游并认为这就是他要的乐趣,那就另当别论了。"

小超市活下来的理由

　　这里原有比邻而居的两家小超市。不久前附近又开出一家大超市。当地居民都在议论:"这么大的一家新超市,小超市有的商品它都有,而且品种更多,小超市没有的商品它也有,这两家小超市还有生路吗?"果然,一家小超市看前景不妙,将店面出租,早早收场。但另一家超市的老板不这么想——尽管大超市开张大促销的那几天,小超市门口冷清得让人心寒,所有的老顾客都被吸引去大超市了——他给底下的人打气说,大超市有它的优势,但必有它的弱势,我们瞄准它的弱点不信找不到生路。

　　大超市共有四层商场,所有日常生活中需求最多的和饮食有关的商品大多在一楼。为了吸引顾客接触尽可能多的商品,以促进销售,商场设计的购物通道是顾客必须乘电梯先上二楼,你若仅买一楼的蔬菜或鱼肉蛋品,或是买包牛奶,对不起,请先上二楼,再由二楼下到一楼。

　　时间一久,有的顾客不胜其烦,又跑到小超市了。小超市赶紧因势利导,改变营销策略,把自己定位在方便顾客购物减少购物时间上,从而把一批购物少又要赶时间的顾客吸引过来。这招还真灵,不久小超市又现起色,直到今天它还活着,而且活得挺好。

"3 小时烧饼店"

朋友告诉我某地有一家现烤现卖的烧饼店，做出的烧饼价廉物美，生意好得不得了，须排队才能买到。但店名有点怪，叫"3 小时烧饼店"。朋友建议我去买来尝尝，但过了 11 点就别去了，店主每天只供应三小时的货，到时准时关门。

我说既然生意这么好，为什么就不能多做几小时的生意？朋友说："这是一对外来的小夫妻，他们说只供应三小时就有足够的时间认真备料保证烧饼的货真价实，也有时间养精蓄锐保证这三小时的工作质量，还能保持市场供应的紧张度。我粗粗为他们算一下，他们这三小时的收入反而高出别人全天候的收入。空余时间多了，夫妇俩生活质量也提高，吃喝、玩乐都没拉下，日子过得从容、悠然。"再想想，我们工作的目的，不就是为了过上这样的生活吗？

背运的原因

公司加薪,一同进公司的小 A 和小 B 都没加上。小 B 愤愤不平,找老板论理,老板心里不爽。小 A 也找老板,但说的是要求参加技术培训的事,老板欣然同意。小 A 经培训技术得到提高,第二次加薪老板首先想到了他。小 B 却仍无缘加薪,再找老板论理,老板更不爽。

老板认为小 A 是自己培养的人,无形中也把他看作自己的人,所以第二次培训的机会仍给了小 A。而本来这次机会是可以给小 B 的,但小 B 正为加薪的事恼怒,没去争取。第三次加薪仍没有小 B 的份,小 B 愤然辞职。直到离开公司的那一天,小 B 仍没搞清自己怎么这么背运。

下雨还是不下雨

一天,一位对气象有业余爱好的朋友告诉他,在我们南方像这种长期阴雨天气,如果上午或者傍晚不下雨,就预示着明天不下雨,但如果中午不下雨,则意味着明天下雨。后来他试了两次,果然灵验。

还是这个阴雨季节里的一天傍晚,他准备外出体锻,出门前在网上查了下明天的天气预报:晴到多云。他想既然明天不下雨,按朋友的观点就能反证出今天傍晚也不会下雨。于是他放心出门,当然也就不带雨伞。不料刚走到运动场,一场骤雨把他淋成落汤鸡。冒雨回到家,愤愤地拨通朋友的电话。对方悠悠地说:"别激动,看看明天是否真的不下雨再找我算账吧。"

第二天,果然是个雨天——他怎么就没想到气象预报也可能不准?

首要的是培养兴趣

公司要求他紧急组建一支古建筑修建队,以应对刚招标来的一个修复大型古建筑的项目,机会难得。那时国内古建筑业几乎是个空白,他只能从有普通建筑技能的工人中挑选成员,赶鸭子上架。公司领导几次三番催着他对修建队订立严格的规章制度,以确保劳动纪律,确保工程按期完成。而他想的却是如何培养工人们对古建筑的兴趣:不仅懂得古建筑的设计与施工,更要懂得古建筑中所蕴涵的文化价值与历史意义。

为此他不惜花大量的时间和金钱请来文史专家给工人讲课,带工人参观宫殿、庙宇、园林等一流的古建筑。工人在这过程中对古建筑产生了浓厚的兴趣。人就是这样:喜欢上了就入迷,一入迷就废寝忘食。施工的过程不再像是打工,倒像是在处理一件件艺术品。每个工人的聪明才智都得到尽情的发挥,工作效率成倍增长。结果工程以最优质量如期完成,同时还带出了一支技术过硬的古建筑修复队伍来。

从五分钟开始

女儿常患感冒,再就是咳嗽,半月一月的好不了。母亲说去跟你表哥学炼气功吧,既练身体,又可防身。气功?很新鲜,女儿来劲了,说:"好啊!"表哥却说,表妹从小没耐心吃不了苦怕坚持不下来,与其半途而废还不如不练。母亲说,还是让她练吧,也是给她一个练意志的机会。

表哥开始教表妹一种功法,动作很简单,无非是马步桩,左右手交替出拳,嘴里分别有节奏地发出"哼"和"哈"的声音,马步桩的架势也不必很高。表妹轻轻松松就学会了,然后问表哥,每天练多少时间?表哥说五到十分钟就可以了。

表妹一练才感觉那动作简单而枯燥,五到十分钟有多难过,她理所当然选择了每天练五分钟。尽管那五分钟也难过,但还是坚持下来了。一个月后,她不再感觉五分钟像一个小时那么长了。她自己把练功时间延长到了十分钟。后来表哥说,练气功至少三十分钟,否则功力不会有长进的。表妹叫起来了:"三十分钟?怎么受得了?"表哥严肃地说:"要么三十分钟,否则就别练了。"

这时的表妹已经从前期的练功中尝到了甜头,不但身体感到精神饱满,练功时进入气功态时的感觉也特好,甚至能忘了时间。三十分钟对她说来已根本不是难事。叫苦?不过是女孩子的撒娇而已。

远足的记忆

每次远足去森林公园,一路上游得尽兴,但也饥渴劳累。好不容易挨到家,躺进舒适温暖的被窝时回想起来的竟大多是痛苦的回忆:漫长坎坷的山路、老半天找不到卖饮料的地方、一条虎视眈眈的恶狗、脸上止不住的汗……"下回再也不去那个偏僻遥远的鬼地方了。"她翻个身,美美地睡去。

但过了一个酷暑,当第一缕清凉的风吹来秋的信息时,蛰伏了一个季度的慵懒的心又蠢蠢欲动了。叫上几个趣味相投的同党,一路吃喝着又上路了,目的地还是那遥远的森林公园,出发时想得更多的是它的好处:蓝天、白云、山间溪流、一片杉树林、满山的映山红……啊、啊、啊,我们远足去!

同 学 聚 会

　　一年一度的同学聚会正在进行中,今年的聚会无疑又是往年聚会的翻版:

　　发了财的一定是开着名车来的,尽管乘地铁更方便,还可免除酒后驾驶之虞;混得不怎么样的尽管害怕聚会但还是来了,希望借发迹同学伸出的援手摆脱困境,他们也许真的不知道这基本是没戏的:后者所以热衷于同学聚会,就是要靠前者的落魄显出他们的成功;当了官的接手机绝不离席,电话里指挥部署工作,语气坚决略带威严;抢着买单的多半当年成绩不佳或家境贫寒;话少的并不是生性寡言或城府过深,纯属经历平淡且混得不怎么样;去了次美国的是一定要找机会说出来的,其贡献还在于引出其他出过国的同学的话题;有富不炫、有车不开、有单不抢者多半早就风光过,已经不在乎这些了……

家有恶邻

要不是这位穿着典雅的女士主动打招呼,老妇怎么也想不到她就是从小在这街坊长大、早年丧父的小姑娘,早有传言说她现在国外经营着一家资产雄厚的中资公司。

"经过这里,顺便看看老房子,满足怀旧心理。"她带点自嘲地笑,笑得很甜。

"是啊,你们住过的老房子早已经换了房主了。那个谁都讨厌的变态邻居也早死了,当年她总是想着法子和你们孤儿寡母俩过不去。"

"我早就不恨她了,还得感激她呢!"她优雅地笑笑,"您想,她寻衅滋事,我学着忍耐、调整心态;她制造麻烦,我学会了破解难题、应对困难;她挑拨离间,逼着我学会处理邻里关系;她不断地对我挑刺,让我时时检点日常行为、做个有道德的人,我的成长还真有她的一份功劳呢!"

"不管怎么说,老天在看着,为人不能像她那样恶毒,她病死前身边连个照顾她的人也没有,报应啊!"

有房女也难嫁

退休工人李老伯的女儿媛媛不久前谈了个朋友。男方因为有房,恋情很快就发展成婚嫁。其实眼下跟二三十年前本质上并没多少差别,那时男方即便有一间朝北的亭子间,也可使谈婚论嫁处于有利的地位。

李老伯在给邻居张老板发喜糖时对张老板说:"你们家的女儿自己有房,不比我们媛媛多半是看上了男方的房子而不是他本人。"听这话时张老板脸上笑吟吟的,心里却并不好过。女儿比媛媛还大了三岁,他和她妈几乎天天都为嫁不出去的女儿忧心。

有房是优势吗?不见得。因为有房女儿更不能将就着嫁人,她得要求男方也有房,而且要比自己的房更大、更好。要不旁人会怎么想?——有房的女儿嫁了个没房的男人,是精神不正常还是另有隐情?

出国为什么

小X刚过三十岁生日就忙着办出国留学的事。这二十多年来满耳听到的都是出国的好处,这回有了出国留学的机会,他怎能放弃?奔波两个月,临上飞机时他得意地对送行的哥们说:"经这两个月的折腾,出国的各个环节我都明白了。下回哪个要出国,我可提供全套咨询服务。"哥们说:"这倒没错,出国留学的事你都明白了,但你明白出国的目的吗?论工作,你好歹是个公司部门经理,丢掉月薪万元的工作去国外洗碗,丢掉熟悉的机械专业去国外读计算机;在这个行当用三十岁的年龄去与二十岁的青年人比拼,等于用胸膛与拳头搏击。再看大环境,国内发展已进入快车道,国外经济难见起色。你出国究竟为了什么?"

小X挠着后脑勺:"是呀,说真的,我成天忙于办出国的事,但出国究竟为什么,我还真没好好想过!"

新落户的化工企业

两年前,听说一家大型化工企业即将转移到当地,一时引来一片质疑声,网上的言论更是充满了刻薄与嘲讽:"嫌我们地区污染还不够严重,7家钢铁企业太少,还要增加化工企业?""难道非要让环境雪上加霜你们才痛快?""……"

两年后的今天,那家大型企业落成投产,当地的环境却非但没有恶化反而大有好转。据媒体报道,刚落成投产的原来是家生产原料药碳酸氢钠的企业,需要二氧化碳作原料,而当地钢铁企业大量排放的二氧化碳正好能喂肥这家企业。

兴趣改写成绩

老同学的儿子其他成绩都还不错,就是英语总上不去,夫妇俩对其晓之以理:头悬梁锥刺股的故事、锲而不舍的哲言都讲了,无效。动之以情:报答父母,个人前途……都说了,也无效。进而威胁:成绩再上不去从此不准看电视、玩电游;利诱:进入前十名暑期上新马泰旅游。均无效。儿子对英语学习也从害怕到逃课、抄作业……夫妇俩那个愁啊!

有一天一家三口看了一部英文版考古纪录片的DVD,儿子从小就对探索未知世界极感兴趣,这张碟片的内容深深地吸引了他。但其中很多句子听不懂,他就查字典、求教老师,硬是把整部原版片的内容都搞懂了,从中还掌握了不少词汇,有些长期搞不懂的语法也豁然开朗。

由此他像变了个人似的竟喜欢上了英语。一喜欢,英语就不再"面目可憎",也并不像以前认为的那样难学。成绩逐渐在进步,学英语的兴趣更浓了。到这个学期结束时他的英语成绩已从全班最差一跃进入了第九名,第二个学年他已牢牢占据前三名的位置了。

赌气的代价

小D因准备论文急需复印资料。他走进的第一家复印店是五角钱复印一页。

"这么贵？一个月前才四角一页。"

复印店的营业员小姐正埋头看书，头也不抬地瞟了小D一眼："就像你说的，那是一个月前的价。"

"不能便宜一点？"

"就这个价，要便宜，请到别处去！"小姐恋着书本，不耐烦地说。

小D其实并不十分在乎价钱，总共才复印五页纸，但那位漂亮小姐的冷漠却伤了他的自尊心。他扔下一句话："离了你一家还怕没法复印？"去了另一家复印店。

第二家复印店价钱倒便宜，但复印字迹模糊。一样花钱，质量不好，小D不干。他又转到第三家店，不料碰上铁将军把门。想回到第二家店去，又不甘心。好不容易赶到第四家，被告知复印机坏了。

第五家价高，也是五角一页。

第六家也是休息……

当小D终于在第九家复印好资料回到家时，他发现仅花费的车费就超出了复印费。而对他说来浪费更大的是时间——这就是赌气的代价。

一考到底

用一句俏皮的话来说他今年已经在读"高七"了。

四年前他以一分之差高考本科落榜。他不甘低就进一所不知名的大专,复读一年后再考,考出了低于去年2分的分数,照样进不了本科。"高五",他的考分上了本科线,但一打听,录取他的竟是第一次高考就该进的那所大专——两年前改制成了本科学院。这很让他胸闷,便毅然选择放弃。这回他完全是赌徒心理,专注而固执,一概不去想当年和他一起考上大专的同学快毕业了——毕业后他们还有考研的机会——不考出个本科誓不罢休。也许是心态不好,"高六"高考分竟低于当年本科录取线十分!

事到如今,他不依不饶的性格果然让他选择了读"高七"……

有房阻碍致富

老朱九十年代时还在台上,单位分房他占尽了好处,尽管已有一百平方米、地段也不错的老式公房,但还是分到了一套面积一百三十平方米的高层公寓,前提是交出了一百平方米的旧房。当时本单位三十年工龄的老职工住在三四十平方、三户合用一个卫生间的房子不在少数,为此职工们对老朱利用职权多分房还颇有微词。

后来的情况是单位住房困难职工选择了购商品房。好在那时单位职工收入已明显好转,而房价还在起步阶段,远没有像今天这样高得离谱。往往住房越困难的职工买房的积极性越高,他们无职无权,对靠单位分房不存任何幻想。倒是像老朱这样已解决住房的干部对自己花钱购房毫无兴趣,仍寄希望以后再次分房。

事情就是这样作弄人。十年过去了,社会上早已取消单位分房。当年住房困难的职工后来都买了不止一套房,一些人还把子女的婚房也一并解决了,属于凭买房富起来的一批人,而像老朱这样当年的头头脑脑们却止步于原有的住房状况,有房反阻碍了他们致富。

恼人的小飞虫

他驱赶着眼前嗡嗡作响的小飞虫,这只讨厌的小东西不时地盘旋在他的头顶和玻璃窗之间,使他心烦。他挥手拍打小飞虫,无效。找来蝇拍拍打,几次落空。于是无名火起,发起新一轮追打。小飞虫仓促躲避,飞得更快,不时撞击玻璃窗,发出更大的声响,这进一步激起他的怒火……

拍打声唤来了妻子,妻子说:"你是怎么啦,和虫子过不去?它现在一心想着要飞出去,你其实也只是想把它赶出去,你们的目标一致,打开窗放过它就是了,何苦呢!"——是啊,何苦呢?还落下个"杀生"的罪名。

他打开窗户,小飞虫瞬间就逃得不知去向了。

畅 销 书

严教授是个科普作家，十年前写了一本军事题材的科普书，那是完成出版社一位朋友的约稿。后来回想起来那是他写的第一本书，又是"急就章"，难免有不足的地方。但出书时正好刚赶上读书界流行军事题材热，严教授的书一下火了，在不经意间成为畅销书，并连续十二周列畅销书排行榜前三名。再经媒体炒热，严教授俨然成为著名的畅销书作家，经常被请去出席各种新书发布会和出版界的战略研讨会，还四处举办讲座，教授如何写畅销书。

当然，严教授也一直在努力地写畅销书，这些年来从题材的挑选，到结构、内容、形式，甚至书名，可谓煞费苦心。但前后写了八本书，每出版一本都让充满期待的媒体和读者从热望到失望——这八本书没有一本是畅销书。

所谓的畅销书常常是这样，它可遇而不可求，不必太当真。

老年刊物

　　这几年,我们人人都感觉到一个老年化城市的临近。于是这个城市办起了一个老年刊物,刊名也平实、明白:《老年》。刊物的前期投资不可谓小,宣传工作也做得几乎家喻户晓。但刊物明年的征订数与预想中的差距甚大。造成差距的原因究竟在哪里呢?办刊宗旨?读者定位?内容设置?栏目?版式?定价?……那都是经过多次市场调查、专家反复论证的呀!编辑部一次次讨论、研究没有结果。后来主编说:"何不听听那些该订《老年》却未订的读者的意见呢?"

　　于是编辑部临时拉来几个五六十岁的"潜在读者"征求意见。有人说:"能否不叫'老年'?""我五十岁算不算老年?他六十岁算不算老年?现在还有七十岁不服老的呢!""读你们的刊物首先得有承认自己是老人的勇气。""你看,单这点你们丢掉了多少读者?"主编一听恍然大悟!想不到一个环节的失误竟铸成大错!

一切都在变

几年前的一个春节,我向在外地的表弟电话拜年。电话里表弟的声音有气无力,全没了昔日的生气与活力。他说:"谢谢,你还想到我这个表弟。'发财'?不敢想了,'万事如意'?我是诸事不顺。"

"怎么啦?身体不好?"

"身体不好是其中的一项,这人一背运硬是什么坏事都找上门来。老婆看上别人了,要闹离婚,儿子高中没考上进了技校,我的生意亏大了,合伙人卷款潜逃,我一急好多年没犯的冠心病又犯了……纠结啊,想死的念头都有了。"

我用古今中外名人在逆境中成长的例子、用孟子的"故天将降大任于斯人也,必先苦其心志,劳其筋骨,饿其体肤,空乏其身……"安慰表弟,最后说:"什么念头都可以有,唯独死的念头不能有。世界是立体的,你考虑问题也不能一个向度,从你的角度看已是一无是处时事情并不见得真的如此糟。你觉得一切都乱了套,无法处理时,你就干脆静下心来,静候事态发展。你会发现外界的条件是不断变化着的,很可能事情就在无形中解决了……"这时有个电话插进来,我和表弟匆匆道别,我的话他是否听进去了,不得而知。

第二年春节是表弟主动打来拜年电话,他声音洪亮、中气十足,显得很健康:"表哥,真让你讲对了,一切都在变。老婆走了,却有个暗恋我多年的女同学找上门来。合伙人已被公安逮捕,钱款全部追回,我现在生意红火。儿子开窍了,读书是班上前三名,而且你也知道,现在技工吃香,还没毕业,就有企业找上门来……"

记忆会欺骗自己

　　小时在乡下长大,那时物资匮乏,偶尔吃到好吃的东西都印象极其深刻。吃炒麦粉即是我经常想起并时时和周围朋友津津乐道的经历。后来长大了,在大城市上学,能吃到很多以前连听都没听说过的美食,却还是忘不了小时那次吃炒麦粉的感受。所以有一年暑假回到乡下,就天天缠着祖父要吃炒麦粉。祖父说:"炒麦粉?现在谁吃这东西?"

　　当真的再次吃下祖父亲手做的炒麦粉时我傻了:一点也没有儿时的感觉,甚至可以用"不好吃"来评价。我问祖父:"这真的就是你做给我吃过的炒麦粉吗?""没错,就是这种炒麦粉呀!我不是说了,现在好吃的东西多得很,谁还在乎炒麦粉?时过境迁,今非昔比喽!"

　　不能完全相信自己的记忆,因为记忆会筛选:留下美好的东西,筛去的负面的成分。我们能积极面对人生有时也缘于人性的这一特点。

不愁无聊

张老太遇到我就大叹苦经,说他家老头以前还好,从今年上半年起整天无所事事,度日如年,难受。一个人就是这样,太忙了不好,太闲了也会闲出病来。老太太让我出个主意,给他找个能消磨时间的活。我说让他搞收藏吧,那事耗时间。老太太说,可收藏得花钱,花钱的事他不会干。"那就让他做不花钱的事,譬如找出家里的旧报纸搞剪报,既消磨时间,也培养对知识的兴趣。"老太太一拍大腿,连声说好。

半年后张老太太遇上我,喜滋滋地向我打招呼,说:"老头子被剪报迷上了!他把家里的旧报纸都找出来,还挨家挨户地收集各种旧报呢。"我说:"好啊,迷上就好,任何事入迷就能成癖,就被套上枷锁,就不愁无聊。"你知道吗?凡是登山爱好者,只要听说还有一座更高的山没有攀登,他心里就永远有事,永远安宁不下。

收购价不变

那年,吴老板刚与海外的经销商签下罐头桃条的长期合同,就接到他公司的采购部经理的电话。采购部经理告诉他,桃条原料产地今年桃子丰收,但市场需求并未增加,所以桃子的收购价不增反减,由去年的单价 0.55 元降到 0.30 元都不到。采购部经理讲这些话时显得很得意。但吴老板的感觉就完全两样:他了解家乡的果农,0.30 元一斤的收购价对他们说来连本都收不回来!当然,为了避免更大的损失,即使是 0.25 元的收购价他们也只好接受,但接下来留给他们的就只有砍桃树一条路了。

吴老板心急如焚,当机立断,命令采购部经理仍按去年 0.55 元的单价收购,并且火速通知到每一个果农:以后这 0.55 元就是底价,只增不减。放下电话后仍不放心,连夜买机票赶回家乡,亲自督办此事,终于保住全村数百亩桃树安然无恙。接着是公司立即与每户果农签订三年的收购合同。

严格地说,吴老板后来成为远近闻名的"水果罐头大王",就是从这件事开始的。

寻找平衡点

大学在校生 Y 一直盼望父母寄来买电脑的钱,这回钱到手了,又开始为买什么样的笔记本电脑而纠结。选择笔记本的关键是在大小尺寸上。他想过,15 寸的,屏大看着舒服、不伤眼,但太重、太大,携带不便;10 寸的,既轻又小,携带方便了,但屏太小,连带文字、图像都小,看着吃力,伤眼。他权衡再三,还是决定不了买大的还是小的,只好请教同寝室的 W。

W 问:"你主要看重笔记本的什么功能?"

Y:"携带方便啊,但使用便利也很重要,屏太小总是个遗憾。"

W:"听起来,你认为两方面都重要,但鱼和熊掌不能兼得,那就只能在轻重与大小之间找个平衡点了。"

"平衡点?"W 也知道,说说容易但真要找到还不易,但凭 Y 的智商是可以解决的,重要的是他毕竟给思维陷入混乱的 Y 指明了方向。

过了两天,Y 兴冲冲地带回一台笔记本电脑,W 看到那是一台 12 英寸的联想。

游客的选择

Z镇以皮薄、肉嫩、汁多、味鲜、形美的包子闻名,游客多半冲着包子而去。但面对Z镇大街小巷无数的包子店,以及诸如"百年老店,包子世家"、"正宗Z镇包子"、"Z镇包子发源地"的广告语时,每每傻了眼:哪家才是真的正宗包子店呢?我们只有一个胃,吃错一家就没改正机会了。

刚去过Z镇的友人告诉我:"在旅游地以客流量判断饮食店好坏的准则基本失效,多数游客在找不到北的情况下总会选择装潢华丽、广告语耸人听闻的店家。其实哪家店货真价实当地人最清楚,而且这样的店有口皆碑不太在乎做广告——广告都是忽悠外来游客的。所以那天我看到有一家包子店装潢一般,但顾客中操本地口音的特多,我就进去了。"在那里他吃到了Z镇最好的包子。

品 味 公 园

他在森林公园附近买了房,还没装修就迫不及待地游了一下公园。当时时间紧,只能走马观花地看了公园一个大概。印象中公园面积很大,十几公顷。有个很大的人工湖,大片绿茵茵的草地,构成这儿最大的特色。

装修完后搬入新房,现在他有比较富裕的时间游园。他花了大半天时间,走遍了大半个公园,才发现因公园过大,许多不在主要道路边的景致一般人是看不到的。往往是一条不起眼的小路让你曲径通幽,不时地发现别有洞天之处,令他兴奋不已。这时他才明白,在表象下,公园最大的特点是树多、品种多、数量大。

后来他养成了每天去公园早锻炼——散步的习惯,这使他更加有机会细细品味公园。他逐渐发现自己特别欣赏这里的野趣,在喧嚣的都市,难得的野趣给他的感觉特好。

如此又过了一年多,也就是亲历了公园的四季轮回,夏荷冬梅、春华秋实,感受着各种植物的枯荣兴衰与各种细微变化,他这才觉得自己可以称得上是真正认识公园了。他将在一年中拍摄的几千张以公园为主题的照片自费办了个摄影展。展览好评如潮,我想,有如此成绩绝非偶然。

也 是 异 化

近两年,几所名牌高校都实行了自主招生,目的是综合考查考生的各方面素质,改变传统的主要以卷面分作取舍标准的状况,给综合素质全面、或者有某些特长的考生开辟深造的路子。长远地看,有利于改变当前的考试观、人才观。其中一个重要的考查方式是面试,它的优点在于能剥去"伪装",还考生真实的面目。

这件好事还来不及让全社会都来喝彩,即被异化:"如何应对高校自主招生"、"F大学与J大学自主招生特点异同分析"、"面试十要十不要"……各种文章、书籍竞相出现,甚至上年度高校自主招生的考题也整理后卖钱;再接着,与之配套的标准答案也在网上出现。最后,"巧过自主招生关"的系列讲座也开讲了,尽管价值不菲,照样火暴异常。于是,考生们的面目再度被浓油墨彩所涂抹。像许多新生事物最终往往演变成"发明者"愿望的反面一样,"自主招生"是否也如此,还真让人捏一把汗!

被忽视了的环境和现状

多年前一对教授夫妇的儿子因进了一所民办高校而成为一桩不大不小的新闻。教授子女高考落榜的不多,但也有。"新闻"在于这对夫妇教的恰恰是教育学。教教育学的教授没把儿子教育好不知应归结于当前教育的弊端,还是两教授极力推行的放任式教育思想的失败?人们宁愿相信是后者。

当所有的家长都在拼命给子女增加课外作业量时,教授夫妇却鼓励儿子用更多的时间去玩耍,为的是给儿子更多的自由成长的天地。其结果,儿子的学习成绩很快落在全班最后,自尊和自信遭受严重打击。他开始害怕学习,进而发展为抄同学的作业、逃学。整个中小学阶段,对儿子说来就是一场噩梦。

教授夫妇只相信自己的教育思想和孩子的成长规律,却忽视了教育的大环境和社会现状,失败在所难免。后来儿子磕磕绊绊地从民办大学毕业,经数年摔打、自主创业,终于摆脱自卑,真实的才能得以充分发挥,成为了小有名气的企业家,那已属后话了。

后　记

　　本书是我利用时间的边角料陆续写就的"故事",时间跨度有十几年。与我之前出版的《世相百态录》同属一种类型,而后者我曾称之为"小品"。现在想想它们又像是随感,只是因由故事说出而有了故事的元素。还有朋友认为这些故事短小而讲述一些道理,很像寓言,建议称作"新寓言"。但好像又不完全是这么回事。而且寓言总会让人联想到说教,有些当代寓言把这种说教搞到极致,变得面目可憎,与先秦诸子百家中鲜活的寓言无法同日而语;而且,今天的寓言似乎早已专属儿童,而我的这些故事主要是想和成年人交流的。考虑再三,还是称作"意味故事"吧。它们来自阅读与思考,来自对人生的观察和对生活的品味,多少还带点哲理。全书近三百则"故事",除一部分已在《新民晚报》的"夜光杯"副刊上刊出外,大部分是第一次和读者见面。

　　回顾这几十年的人生,自己似乎一直是在读两种书。

　　一种是有字之书。从事编辑工作三十五年,其中有二十八年是在编杂志,都是与读书有关的杂志。先是参与创办读书杂志《书林》,后是编《中外书摘》杂志,其间主持编辑部日常工作十八年,可见我和书的缘分。除了永远的忙碌外,最值得自豪而令编辑同行羡慕的是我能借工作之便读大量的书——多且杂。由于较少为功利心所驱,这种阅读还真的成为了提升人文素养、滋养心智的美餐,读书的收获和乐趣不外乎这些。另一种是"无字之书",就是社会生活。几十年的人生在付出的同时也得到反馈,越深入生活就越能感受、领会生活中一些蕴涵在平凡中的道理。当我们对生活持有一颗好奇心,经常把自己放在旁观者的位置进行观察时,就时常会有不经意处的发现和出其不意的领悟,尤其是在把生活感受与阅读有字之书结合起来的时候。这时知识就能融会贯通,道理就能触类旁通,就能生出智慧。知识与智慧的差别就像是猎物和猎枪的差别:猎物只能缓解一时的饥饿,猎枪则能保证永远的食物。

本书中的"故事"就是我读这两种"书"的产物。

有收获就想到与人分享,用什么形式呢？今天的读者都很聪明,但时间有限,如果能用一句话讲清十句话的意思,那你为什么不用一句话呢？今天的读者还厌烦说教,事实上来自生活的故事不可能一言以蔽之,其内涵的多义性总是暴露出语言的苍白和文字的无奈。我必须尽可能地把道理蕴藏在生动、形象的故事里,留待读者自己揭示、领会。我相信只有能让读者在阅读中引发默契与共鸣的作品,才是阅读的真正魅力所在。而且,生活原本是生动活泼的,我做的,不过是对真实生活的复制——最多是让其指向再明确一些而已。

所以我一直尝试着把我的"故事"写得尽可能的简短,但简短并不是干巴、贫乏,它不能失却情趣、内涵以及行文的美感。我也努力去探讨用感性文字表现理性思维的最佳方式。无论效果怎样,但我在写这些东西时确实是一直要求自己这么去做的。

这是个开放的时代,人们从来没有像今天这样经历如此巨大的思想激荡,新思想、新思维、新观念层出不穷。这本小书的出现也得益于这个时代,对此我长存感恩之心!

黄 亨

2015 年 4 月于鉴达斋

图书在版编目(CIP)数据

披沙·拾零:鉴达斋意味故事/黄亨著.
—上海:上海三联书店,2015.
ISBN 978-7-5426-5221-8

Ⅰ.①披… Ⅱ.①黄… Ⅲ.①小品文—作品集—中国—当代 Ⅳ.①I267.3

中国版本图书馆 CIP 数据核字(2015)第 142528 号

披沙·拾零
——鉴达斋意味故事

著　　者　黄　亨

责任编辑　钱震华
装帧设计　鲁继德

出版发行　上海三联书店
　　　　　(201199)中国上海市都市路 4855 号
　　　　　http://www.sjpc1932.com
　　　　　E-mail:shsanlian@yahoo.com.cn

印　　刷　江苏常熟东张印刷有限公司

版　　次　2016 年 1 月第 1 版
印　　次　2016 年 1 月第 1 次印刷
开　　本　640×960　1/16
字　　数　258 千字
印　　张　20
书　　号　ISBN 978-7-5426-5221-8/I·1043
定　　价　48.00 元